知识就在得到

# 董梅红楼梦讲义

LECTURES ON
THE DREAM OF
RED MANSIONS

董梅 / 著

新 星 出 版 社　NEW STAR PRESS

**图书在版编目（CIP）数据**

董梅红楼梦讲义 / 董梅著. －－ 北京 ：新星出版社，
2022.4（2023.8 重印）

ISBN 978－7－5133－4750－1

Ⅰ．①董… Ⅱ．①董… Ⅲ．①《红楼梦》研究 Ⅳ.
① I207.411

中国版本图书馆 CIP 数据核字（2021）第 281077 号

## 董梅红楼梦讲义

董梅 著

**责任编辑**：白华召

**策划编辑**：师丽媛 翁慕涵

**营销编辑**：吴 思 wusi1@luojilab.com

**封面设计**：李 岩 柏拉图

**责任印制**：李珊珊

**出版发行**：新星出版社

**出 版 人**：马汝军

**社 址**：北京市西城区车公庄大街丙 3 号楼 100044

**网 址**：www.newstarpress.com

**电 话**：010-88310888

**传 真**：010-65270449

**法律顾问**：北京市岳成律师事务所

**读者服务**：400-0526000 service@luojilab.com

**邮购地址**：北京市朝阳区华贸商务楼 20 号楼 100025

**印 刷**：北京盛通印刷股份有限公司

**开 本**：880mm × 1230mm 1/32

**印 张**：9

**字 数**：165 千字

**版 次**：2022 年 4 月第一版 2023 年 8 月第二次印刷

**书 号**：ISBN 978-7-5133-4750-1

**定 价**：69.00 元

# 目 录

## 红 楼 俯 瞰

## 生 活 美 学

## 叁

# 文 学 杰 作

## 肆

# 象 征 符 号

# 红楼如梦

# 为什么要读《红楼梦》

《红楼梦》自诞生两百年来，从未淡出过中国人的文化关注。每个人都可以在一生中的任何阶段去读它，虽反复阅读而能常读常新。在这个过程中，你会渐渐发现，是否能读出"新"，体会到上一个人生阶段读不出的意味，全在于自己是否成长。而《红楼梦》还一直在默默等待你读出更多的东西。为什么《红楼梦》会有这种涵泳不尽的魅力？

**第一，《红楼梦》是中国人的族群生活史。**

《红楼梦》整个故事所围绕的核心——贾氏家族，是一个百年巨族、公爵之家，这是作者在他的时代里择取的一个典型群落。这个皇皇巨族以它的日常生活形态，向我们展示了一个时代的横剖面，让我们看到中华文明发展到明清时期积累出的最高雅、最精致的物质生活与非物质生活。

作者又高度象征性地设置了大观园的三年时光。它是艺术化提炼后的周期，既是由盛转衰的家族史，也是社会发展的普遍轨迹的一种展现。

第一年花月春风、诗酒风流；第二年繁华表象下的纷争并起，露出了现实的冰山一角；第三年秋气肃杀，大家族内外交困，已是大厦将倾。我们不能只从《红楼梦》里看到风花雪月，其实，"红楼"故事的底层逻辑，是冷峻的经济学、社会学逻辑。

**第二，《红楼梦》是中国人的族群心灵史。**

真正伟大的艺术，带有来自其内部的精神光芒。

一部《红楼梦》，儒家提供了深情，道家提供了灵性，佛家提供了悲悯。

而儒、道、释三家正是中国传统价值观体系的三足鼎立之构成。也就是说，《红楼梦》的精神内核来自中国文化的核心价值观。

我们往往会在那些人类最伟大的小说里找到一颗颗伟大的心。它们的故事内核中所凝聚的往往是作家所属族群共有的价值观，这样的价值观为小说主人公心灵与人格的成长提供了内驱力。所以观察主人公的个体心灵史轨迹，会发现它呼应着族群的共有心灵史。约翰·克利斯朵夫如此，贾宝玉亦如此。

**第三，《红楼梦》是数千年来所孕育的汉语言魅力的一次总体绽放。**

古人说读《汉书》下酒，而我觉得读《红楼梦》真的可以下酒，甚至可以说，《红楼梦》本身就是一坛以汉字酿成的馥郁美酒，它以数千年来的中国文化为酵头，跟中国人的春夏秋冬、喜怒哀乐、幽思旷怀搓揉一处，精酿而成。

汉语言之美，诚如余光中先生所言，是"仓颉所造、许慎所解、李白所舒放、杜甫所旋紧、义山所织锦、雪芹所刺绣"。《红楼梦》集《诗经》以来汉语言魅力之大成，甚至进一步发展和创造，读来齿颊生香，可消永夜。

所有这些，使《红楼梦》成为中国文化的瑰宝，成为世界巅峰水平的不朽之作，其价值与魅力为人类所共享。

本书是根据"得到"音频课程《董梅讲透红楼梦》的讲稿整理而成，限于形式，仅为《红楼梦》的认知框架，又限于个人水平，疏陋、不当、错误在所难免。但于其中有两则个人意愿，可以视作我的自勉，也与读者诸君共勉：

其一，和一个伟大的生命对话，从宇宙人生的层面，去理解作者曹雪芹的创作意图和精神主旨。

其二，和宏大的中国文化体系对话，到中国文化的大语境中去寻找《红楼梦》的价值依据和文化诠释。

我希望以这样的方式和意愿，去接近《红楼梦》，追蹑作者的理路脚踪，进而还原出这部大书的精神内核和创作本旨。

让我们一起，回到文本，回到文学，回到人。

# 梦破乃有《红楼梦》

"梦破乃有《红楼梦》",这句话是我在课堂上讲《红楼梦》时通常的开题方式。

作者曹雪芹开篇即说:"此开卷第一回也。作者自云:因曾历过一番梦幻之后,故将真事隐去,而借'通灵'之说,撰此《石头记》一书也。"

既以梦为书名,说明作者已经出梦。他在梦外,笔下的众生则在红尘梦中:有人痴痴地在红尘中打滚儿,以梦为真,至死不觉,比如王熙凤;有人从红尘痴梦中逐渐醒来,一路经历了心灵之痛,懵懂踉跄,终于出梦而来,比如贾宝玉。

宝玉号为"怡红公子",作者号为"悼红轩主人"。从沉溺于红尘梦好到唱出一首红尘挽歌,既是宝玉这位少年成长的心灵轨迹,也应该曾是作者的心路历程。作者在梦外,看着一路出梦而来的宝玉,他一定含着眼泪,却也面带微笑。

《红楼梦》掩卷之时，人们不止应该记住"落了片白茫茫大地真干净"，更应该记住"开辟鸿濛，谁为情种？！"作者的伟大在于，历经莫大的虚空之后，仍有伟力返虚入实，回到对人间一花一木的赞叹，对人性一笑一泪的深情，最终以"真情"建立起生命的支点。

即便万物的存在最终归向虚空，生命的一往来却终不能称为虚无，你的真情投入将为它注入意义。这正是空空道人通读《石头记》后将道号"空空"改为"情僧"的原因，也正是作者曹公对人生交出的一份血泪答卷。

「壹」

# 红楼俯瞰

# 01
# 时间维度的《红楼梦》
## ——提炼故事主脉与时间轴

《红楼梦》文本庞大，所以最好从俯瞰开始，通过宏观的观察方式，建构基本的认知维度。在第一章，我会先把整部小说的时间维度和空间维度提取出来，在其确立的时空场域中梳理故事框架、发展脉络和核心人物，尤其是提炼出那些结构性的、与全书发展或人物命运转折相关联的重要时间节点。

通常来说，长篇小说的时间跨度都比较大，那么，《红楼梦》从第一回到第八十回，故事跨越了多长时间呢？

十五年。第一回从宝玉出生那年写起，到第八十回原稿中断的时候，宝玉十五岁半。

这十五年，是贾宝玉和林黛玉等男女主角从出生到童年，再到青春期的成长史；同时也是居住在荣国府和宁国府的贾家——这个百年贵族之家——由盛而衰的家族史。

在这十五年的时间轴上，第一个关键节点是第二十三回，众位姐妹和宝玉一起搬进大观园，从此开启了小说的大观园时代。

第二十三回至第八十回，共五十八回篇幅，时间跨度只有三年。作者以刺绣织锦一般的笔触，精心呈现了大观园的三年岁月。而大观园之前的十二年，则统共占了二十二回。如此对比，你自然会知道孰详孰略，全书的重点在哪里。

# 前大观园时代

"前大观园时代"虽然时间上有十二年，但从构成性而言，它的主要作用是为后面的故事主干进行必要铺垫。因此，对于这一部分，我们重点抓住两组矛盾关系的建立和两桩悲喜大事件的发生就可以了。

### 矛盾关系："木石姻缘"和"金玉姻缘"

先说两组矛盾关系，用《红楼梦》的语言来说，就是"木石姻缘"和"金玉姻缘"的矛盾。

如果熟悉《红楼梦》，你一定知道，"木石姻缘"指的是贾宝玉和林黛玉的恋情。

全书第一个情节亮点是第三回，林黛玉初进荣国府，宝黛初见。在黛玉一方，是一见之下，"便吃一大惊，心下想道：'好生奇怪，倒像在哪里见过的一般，何等眼熟到如此！'"在宝玉一方，是看罢笑道："这个妹妹我曾见过的。"虽旋知未曾见过，仍说："虽然未曾见过她，然我看着面善，心里就算是旧相识，今日只作远别重逢，未为不可。"这一年，宝玉八岁，黛玉七岁，青梅竹马，两小无猜。"木石姻缘"这一组关系就此缔结。

为了迎接黛玉的到来，在同一时间、同一场景里，上自老祖宗贾母，下至平辈的贾迎春、贾探春、贾惜春等"三春"，整个荣国府的女眷都出场了，这是"红楼"主要人物的第一次群体亮相。

在这个让人眼花缭乱的人丛中，你会一一看到贾府千金迎春、探春、惜春，还有宝玉寡居的大嫂子李纨，最后是高调出场、风头十足的王熙凤。

如果再加上林黛玉本人，"金陵十二钗"里的六位，也就是整整一半核心人物，都在第三回"宝黛初见"的场景里亮相，齐聚于荣国府内宅。

刚刚将林黛玉安顿入荣国府，交代完"木石姻缘"，作者立刻着手设置第二组关系"金玉姻缘"。第四回，薛宝钗及母亲薛姨妈、哥哥薛蟠出场并到达京城，全家住进了荣国府东北角的梨香院。

宝钗从不离身的金项圈上挂着一只金锁，就像宝玉胸前永远挂着通灵宝玉。金锁和通灵宝玉上都镌着来历不小的两句八字篆文吉语。第八回，这只金锁和上面镌刻的吉语浮出水面，金锁的"不离不弃，芳龄永继"和通灵宝玉的"莫失莫忘，仙寿恒昌"恰成一对。"金玉姻缘"这条线索也到位了。

木与石，金与玉，这两组关系构成了全书故事的核心矛盾。因为只有一位男主角，女主角却有两位，所以矛盾建立在贾宝玉身上。

对小说而言，矛盾会为故事的发展提供内在推动力。

## 大丧事和大喜事

矛盾设置好了，接下来，进入故事主体还需要铺垫和转折。作者为此构建了两个非常事件：一桩大丧事和一桩大喜事。

先说丧事，故事的发生场域是东边的宁国府。

第十三回，宁国府的第五代儿媳秦可卿过世，论辈分，她的丈夫是比宝玉低一辈的贾蓉。公公贾珍为了秦可卿之死"哭的泪人一般"，料理丧事时恨不得尽其所有。所以秦可卿的丧事排场非凡，整整持续了四十九天，最后送葬的队伍像"压地银山"一般浩浩荡荡。

从第十回到十五回，秦可卿从病至死的一系列情节中，宁国府的核心人物，秦可卿、丈夫贾蓉、公公贾珍、婆婆尤氏等一一出场。

秦可卿在"金陵十二钗"里位列最后一位，她的形象带有明显的"风月"象征意义。她早早过世，是"金陵十二钗"里唯一一位没能进入大观园时代的。

第十五回，秦可卿声势浩大的丧事刚刚结束，余波未息，紧接着第十六回就来了一件从天而降的大喜事。

宝玉的大姐贾元春入宫多年，忽然消息传来，因为受皇上恩宠，元春被晋封为凤藻宫尚书，加封贤德妃。这件大喜事让故事的叙述重心立刻从宁国府转回荣国府。《红楼梦》的故事节奏一环扣一环，一波才动万波随，不容人喘息。

贾元春晋封皇妃，贾家从此不仅是公爵之贵，更一举成为皇亲国戚。其实，贾家在此之前已经呈现出衰败之象，但这件喜事给贾氏一族打了一针强心剂。

更加意想不到的荣耀接踵而至——皇帝恩准元妃回家省亲。为了接皇妃之驾，贾家用了整整一年时间，专门营建了一座皇家等级的省亲别墅，也就是后来的大观园。终于，第十八回，在元宵节的晚上，贾家迎来了元妃娘娘驾临。

从第三回黛玉进贾府，到第十八回元春省亲，两组姻缘、两桩悲喜大事撑起了"前大观园时代"的故事主体。在这段故事情节里，直至大观园时代到来前，"金陵十二钗"里先前没露面的其他几位"金钗"相继出场，如妙玉在第十七回大观园初落成时迁入，元春也在省亲当晚惊鸿一现。随后，史湘云作为十二钗中亮相最晚的一位，在第二十回元宵节间做客荣府。这就意味着，在大观园到位以后，"金陵十二钗"亦集合完毕，一个新的时代即将开启。

果然，元宵节一过，春暖花开，元妃娘娘为了不辜负大观园的胜景，避免园林寥落、花柳无颜，于是一道旨意，命众姐妹连同宝玉一起进园中居住。于是，从第二十三回，红楼第十三年春二月这个时间节点开始，直到第八十回，红楼第十五年冬，构成了历时三年的"大观园时代"。《红楼梦》作者以其匠心，特别将这三年塑造为一个文学意象：三春。

## 大观园时代

这短短三年可谓全书的重中之重，情节繁密复杂，人物络绎缤纷，且三年的时间构成本身就含有隐喻。在现存的八十回原稿里，这部分内容占了超过百分之七十的笔墨。所以，我把这部分文本称为《红楼梦》的核心文本。

大观园时代的故事煞是好看，让人应接不暇。《红楼梦》全书中最美丽的文学意境、最富神采的文字几乎都集中于此，常常是几条线索——主线、副线、明线、暗线、伏线——纠缠缭绕着一齐推进。那该怎么抓住重点呢？记住前文提及的那个关键词"三春"。不过，不要将其误会为迎春、探春、惜春三姐妹，实际上，"春"是"红楼"语汇中一个重要的隐喻符号。因为春天是一年四季中最为繁华、美好的时节，所以《红楼梦》作者把"红楼"女儿的青春、贾氏家族的繁盛都以春天为隐喻。

三年大观园时代，虽被总称为"三春"，其实对应的是春、夏、秋三季意象：第一年花柳繁华、诗酒风流，意象为"春"；第二年盈满则亏、纷争并起，意象为"夏"；第三年家族内讧、女儿凋零，意象为"秋"。这本身就是以线性时间发展建构而成的结构性隐喻。"三春去后诸芳尽，各自须寻各自门"，无论是大观园还是整个贾家，都将在"三春"之后，为一派肃杀萧条所笼罩，进入严酷的冬季。整个贾家的命运，包括"金陵十二钗"在内的所有"红楼"女儿的命运，都将在"三春"去后水落石出，风流云散。所以，"三春"是作者苦心孤诣经营的隐喻性结构，提示着全书的大趋势。

### 第一年：爱情与繁华

大观园第一年的故事，概括起来就是"爱情与繁华"。

曹雪芹拈金堆绣，将整整三十回笔墨放进了这一年时光，可见情节密度之大，描绘之精细。

打个视觉化的比方，这一年的故事就像一幅中式生活风情长卷。分而言之，上半年的主题可以提炼为以宝黛恋情为核心的"相思密情"，下半年的主题则可以概括为以"金陵十二钗"的园中生活为核心的"诗酒风流"。

具体来看，由春至夏的半年，为宝黛二人的恋情占据。暮春三月，落红成阵，宝黛在桃花树下共读《西厢记》，从此"相思暗结"，懵懂的两小无猜发展为自觉的爱情，并由此展示给读者一场旖旎美好的中国式古典爱情。所谓中国式古典爱情，就是只能深藏于各自心底的"密情"，存于肺腑之中而不能吐露于对方，更不能宣之于人。对那个时代的伦理而言，自觉的爱情是不正当的，是非法，是作怪。

正因为这样的"密情"状态，宝黛二人互相难知对方心意，他们只能以假情试真心，却往往因猜疑而别生嫌隙。这也是为什么他们发生了那么多次争吵。第二十九回，端午节时，宝黛之间爆发了最激烈的一次争吵，而这恰是他们内心情感达至炽热的时候。终于，第三十四回，作者以他的天才之笔，让这场中国式古典爱情完成于赠帕题诗，完成于"心有灵犀一点通"的中国式表达。从此宝黛各自的心意水落石出，水明沙净，再也没有争吵过。

还必须提示的一点是，为了弥补中国式"密情"在文学表达上的受限，避免宝黛这场不能"谈"的爱情在文学表现力上过于单薄，作者还设置了两条相思副线——小红与贾芸、龄官与贾蔷——与宝黛的相思主线交缠呼应。暮春三月，痴女儿小红和贾芸的故事，呼应着宝黛的初恋。"遗帕惹相思"和"共读《西厢记》"同时发生，作者以另一恋情外化了宝黛无法言说的相思初萌。到了入夏时节，另一位痴女儿龄官和贾蔷之间的故事，呼应并同样外化了宝黛之间的热恋。第三十回龄官划蔷的情节，刚好与第二十九回宝黛最激烈的那次争吵同时发生。宝黛之间正为不能互明心迹而煎熬，可能正因如此，宝玉才能体会出龄官划蔷的痴意，同理其内心藏着"话说不出来的大心事"。其后，入秋之前，目睹龄官为贾蔷而流眼泪，直接促成了宝玉情感观的成熟，"从此后只是各人各得眼泪罢了"。

这两条相思副线，与宝黛相思主线迤逦相随，从春至夏，让美好的相思氛围弥漫在整座大观园里。小说最美的几段文学情境——宝黛共读《西厢记》、黛玉葬花、龄官划蔷、晴雯撕扇等，都发生在这个春夏。

从秋至冬的下半年，因为宝黛的恋情已经由猜疑冲突转为默契笃定，所以故事重心也随之转移到以大观园生活为依托的诗酒行乐上。故事核心主角除宝黛二人外，更扩大为一众大观园女儿——"金陵十二钗"中的大部分。

作者精心设计了大观园诗社——"海棠社"的存在，并以"诗"为灵魂串起了从秋至冬的半年时光。未染世情的女儿们在大观园的秋色里赋诗、游园、宴饮，吃螃蟹宴，咏海棠诗、菊花诗，更有村妇刘姥姥来凑趣。入冬后则有"琉璃世界白雪红梅，脂粉香娃割腥啖膻"，这段时光成为《红楼梦》文本中最美的秋季和冬季。

### 第二年：争端与伤逝

怡红院里颇有见识的丫头小红说过一句话："千里搭长棚，没有个不散的筵席。"进入第二年，故事主题就变成了"争端和伤逝"。争端，是因为贾家由上及下盘根错节的利益关系和矛盾造成的风波已经蔓延至大观园，冲突也开始出现在大观园，清净女儿们的乐土逐渐开始褪去理想光环。伤逝，是指"红楼"女儿之殇，自进入大观园时代以来，于此开始有死亡事件发生在这个家族。

具体而言，三个事件串起了第二年的两个主题。

第一件，春天的探春改革。因为凤姐儿小产体亏，探春暂时代理大观园。她推出了经济改革，却因此推倒了多米诺骨牌，利益的矛盾从底层的仆人之间开始蔓延，纷争不断，大观园自此不再安宁。

第二件，夏天宝玉过生日，其中最精彩的一回是怡红院的群芳夜宴。这个节点非常重要，宝玉的十四岁生日是全书结构的大关节，盛衰分水岭。无论是大观园，还是整个贾家，都由此盛极转衰。

第三件，贾珍的父亲贾敬暴亡，引出二尤的悲剧。从宝玉生日的次日，宁国府第三代贾敬误服金丹暴毙，故事的叙述空间骤然从大观园转到宁国府。加上前大观园时代的秦可卿丧事，这是第二次以宁国府为故事的主体空间。从此全书情节断崖式跌落，由此引出尤二姐和尤三姐出场。接下来的几个月，自秋入冬，姐妹俩因为各自的感情，相继含怨自杀。

## 第三年：凋零与败落

如果说尤氏姐妹的悲剧缘起在宁国府，且属于个案的、局部的悲剧，那么进入大观园的第三个春天，悲剧开始转入荣国府，同时家族矛盾爆发，引发了整体性悲剧。所以，第三年的主题是"凋零与败落"。

这时候，你会发现，前一年主要发生在仆人群体之间的利益冲突，其实都是主人的利益群体之间的矛盾，冰山渐渐显露出隐没在水面以下的部分：

贾赦夫妇和贾政夫妇，兄弟妯娌之间已经貌合神离；

邢夫人和继子贾琏、儿媳王熙凤之间的矛盾已经公开化；

王夫人和赵姨娘之间的嫡庶之争，暗地里早已是你死我活。

贾府内部的关系早已是层层冰冻。矛盾的激化直接导致家族内讧，最终演化为丑剧"抄检大观园"。一夜之间，大观园里鲜花败落，青春凋零。

宝玉的丫鬟晴雯被驱逐，旋即悲惨死去；宝钗迁出大观园以自保，在"十二正钗"中，第一个退出了大观园；迎春出嫁，但婚后饱受折磨，不久于人世；探春也距出嫁不远；薛蟠娶妻在即，香菱处境岌岌可危；几位重量级丫鬟，如司棋、入画，还有以芳官为首的十二位唱戏的女孩，也纷纷遭凌辱驱逐。

晴雯之死是"十二又副钗"之殇；迎春之将逝是"十二正钗"之殇；香菱正在迫近的危难是"十二副钗"之殇。

宝玉眼睁睁地看着这一切发生，这位十五岁少年的内心有一个声音：天地间真有这样无情的事！

就在第三年冬季，贾家的一败涂地到来之前，原稿在第八十回戛然而止。

## 后大观园时代

假设原著书稿延续下去，甚至直至完成，那么依据前八十回建立的故事逻辑和总体趋势，基本可以推知，在八十回之后不久，大观园时代将彻底结束。根据作者的预言，探春将在下一个春天的清明节远嫁；宝玉也将在王夫人的胁迫下迁出大观园。加上宝钗已去，迎春已死，只剩黛玉、惜春、李纨三位零落于园中。黛玉命运未卜，如果作者对她的安排也是在此前后泪尽而逝，那么大观园就几乎成了空园。而寥寥余者势必迁出，那它更将成为弃园。以贾家已经破产的经济能力，本就对维护这座庞大的园林难以支撑，所以可预见它不久将至的荒芜。与此同时，贾家的彻底败落正摧枯拉朽般到来，最终"落了片白茫茫大地真干净"。

你可以参考图1-1和图1-2，更直观地了解《红楼梦》的故事主脉。图1-1为《红楼梦》前八十回文本的时间轴，图1-2为"大观园时代"三年的时间轴，图中对重要情节作了简要标示。

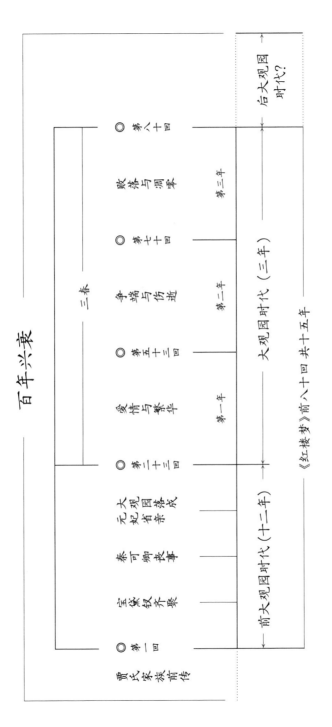

图 1-1 《红楼梦》前八十回文本时间轴

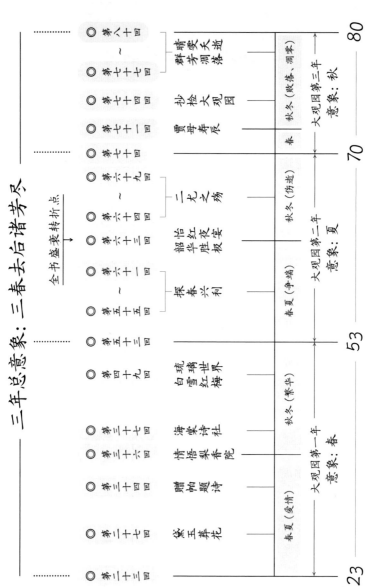

三年总意象：三春去后诸芳尽

图1-2 "大观园时代"三年时间轴

# 02

## 空间维度的《红楼梦》
### ——勾画出贾府的平面草图

对《红楼梦》稍有了解的人，一定熟悉怡红院、潇湘馆、藕香榭这些名字，但也容易迷失于这些精致香茜的文字，始终无法建立起空间联想。

这一节，我会带你了解《红楼梦》的空间构成。只要记住"两府一园"四个字，就能抓住《红楼梦》空间布局的关键。

## 宁国府和荣国府

### 空间布局：两府一园

现在，请你跟着我的摄影机镜头，先扫视一遍"两府一园"。

一条宁荣街东西方向贯穿，在街北，一东一西相邻，坐落着两座庞大的公爵府邸。两座府邸的规模、形制、面貌完全一样，门口"蹲着两个大石狮子，三间兽头大门"，正门上都挂着匾。

推进镜头，你会看到东府的匾上题着五个大字"敕造宁国府"，西府的匾上也是五个大字"敕造荣国府"。所谓

"敕造"，意思是这两座府邸是奉皇帝之命建造的。这就是著名的贾家宁荣二府了。

如果追溯贾家的第一代，则知宁国公和荣国公是一奶同胞的亲兄弟，都是开国元勋，同时受封为公爵，宁荣二府就是朝廷赐给他们的府邸，就此奠定了贾氏家族的根基。

如果把镜头拉高，可以看到，整个贾府其实不只是宁荣二府两部分，在两府的包裹之中，还有一座大花园——大观园。

大观园是从荣国府的东北部划分出大部分，又从宁国府的西北部划分出一部分而来。所以，它虽然是荣国府的花园，但位置兼跨了荣宁二府。

再看得细致点儿，聚焦荣国府，会看到它有一条中轴线。这条中轴线把荣国府分成中路、东路和西路，呈现出中轴对称的格局。如果你从大门进入，沿着甬路一直往里走，会进仪门，再进二层仪门，又进三层仪门，这三层门也就是通常所说的大门、二门、三门，每层门的门口都有几班小厮轮流把守。真正是"侯门深深深几许"。

而为读者所熟悉的《红楼梦》故事，大部分发生在三门以内。

**两府气氛差异：热闹的荣国府，冷清的宁国府**

作者经营出这么宏大的空间架构，两府夹一园，难道只是为了强调贾家有多富贵吗？

"白玉为堂金作马"，贾家的富贵自然表现在府邸的巍峨富丽。但是作者将故事安排在三个主体空间里，更重要的是一种文学手段，是为了安置不同类型的小说人物。从创作角度来说，两府一园其实是三个不同的功能空间。

宁荣二府不仅在空间上有分隔，两府里的气氛也完全不同：荣国府热热闹闹，宁国府却冷冷清清。

荣国府怎么热闹呢？

可以说，它是真正的四世同堂。上至辈分最高的贾母，荣国府第二代；下至宝玉的侄子贾兰，荣国府第五代。真可谓儿孙满堂，荣华富贵。

在荣国府的重重院宇里，生活着太婆婆、婆婆；有孙子、重孙子；有兄弟、妯娌；公子小姐们有嫡出、有庶出。总算起来，主人有二十来位，仆人有三四百之众。儿孙们众星捧月一样围绕在老太太身边，花团锦簇地过日子。

从居住的空间分布来看，老太太带着孙子孙女们住在府里的西路，这是清代贵族府邸的常规。一家之主贾政、王夫人夫妇及两位姨室住中路。当家主事的王熙凤的院子稍微靠北一点儿，离贾母和王夫人的住处几乎等距。作者这么安排，是非常符合生活逻辑的，只要贾母、王夫人这两位重要人物谁有需要，凤姐儿作为当家人都能第一时间赶到。

看过热闹的、生活气息浓郁的荣国府，再看宁国府，你会有一种奇怪的感觉，这里冷清得简直有点儿说不过去。

从主人来说，这里只住着两对夫妇：宁国府的第四代、跟宝玉平辈的贾珍和尤氏夫妻，还有他们的儿子、儿媳——贾蓉和秦可卿夫妇。而且刚到第十三回，秦可卿就过世了，这样主人就只剩下了三口。虽然作者告诉你，宁国府也跟荣国府一样，住着好几百号奴仆，但是读罢思寻，总让人有种空空荡荡的感觉。

跟荣国府由贾母坐镇的四世同堂相比，宁国府的一家之主贾珍吃喝嫖赌、荒淫乱伦，可以说集人性之污浊于一身，这样一位主人"把宁国府竟翻了过来，也没有人敢来管他"。所以宝玉的知友柳湘莲毫不留情地说："你们东府里除了那两个石头狮子干净，只怕连猫儿狗儿都不干净。"

虽然从建筑来看，宁荣二府几乎就是彼此的复制，但是，在两个看起来一模一样的空间里，作者其实安排了完全不同的两类人：一类是秩序谨饬的人，另一类则是失序的人。

## 大观园：女儿们的理想国

至于整部小说最重要的空间大观园，作者则安排了跟宁荣二府的人群完全不同的第三类人。

前面说过，大观园虽然兼跨了宁国府和荣国府，但它是荣国府的园子，主体在荣国府。这个园子到底有多大呢？

小说里说它周长"三里半大"，根据现代计量方式推算一下，它的占地面积有二百八十多亩，大约十八万平方米，差不多是故宫的四分之一。

跟宁荣二府是贾家的根基祖产不同，大观园是后来才建起来的。第十六回，宝玉的姐姐元春被加封为贤德妃。为了迎接元妃娘娘回家省亲，贾府专门建造了这座皇家级别的省亲别墅。

第十八回，元妃省亲之后，原本不应该有人住在大观园里，因为这是皇家禁地，非皇家成员不能擅自进入。但是，元妃娘娘亲自做了一个决定：特许迎春、探春、惜春和黛玉、宝钗等一众姐妹进园居住。

从故事内部看起来，这是贾元春的主意，但是如果跳出故事，你就会意识到，其实这是作者刻意的安排：建造一个理想国，让花朵一般、"水作的骨肉"的女儿们在其中生活。

所以，大观园在《红楼梦》里的功能，就是一座女儿们的理想国。宁荣二府的小姐们都生活在这儿，最标致、最有灵性的丫鬟们也都生活在这儿。更重要的是，元妃怕宝玉落单，让他也一起住了进去。从作者的立意而言，宝玉是这个理想国的守护者。

但是，这却有可能带来一个尴尬的问题：一群豆蔻年华的女孩儿里，夹进这么一个正值青春期的少年，于情于理、于时代环境，似乎都说不通。虽然众女孩儿的年龄大都介于童年和少年之间，但毕竟男女有别。如何解决这个矛盾，既把宝玉顺利安置进大观园，完成呵护女儿们的使命和他自身人格的成长，同时又尽量在现实性上合情合理，不与当时的社会伦理相冲突？最终，作者通过大观园的空间布局，巧妙地化解了这个尴尬。

如果文本读得够细致，你会发现，大观园也是以中轴分为三路的格局，宝玉和姐妹们的居住区被区隔安排在东西两路。众姐妹的住处都在西路，而宝玉的怡红院坐落在东路。

所以，假设你从大观园正门进，往右拐，第一个院落就是宝玉的怡红院，位于整座园子的东南。黛玉的潇湘馆正好跟怡红院呈东西对称，是进正门左转第一个院落，在大观园的西南。由此可知，怡红院和潇湘馆是隔着大观园的中轴线相望的两个院落。所以确实像宝玉说的那样：这两处离得又近，又都清幽。而宝哥哥要看林妹妹，也还是要从东路穿过中轴，走到西路才行。

其余的姐妹也都住在西路，跟潇湘馆是一条线。如果从潇湘馆出发，一路往西、往北，一处处被沁芳溪环抱萦绕的庭院就是各位姐妹的住处：稻香村、秋爽斋、紫菱洲、暖香坞，一直到西北方位，最后一处就是薛宝钗的蘅芜苑。

公子和小姐们的燕居之所，就这样通过建筑布局自然地被分隔开了。

## 文学风格的差异：现实主义、批判现实主义、浪漫主义

关于两府一园，现在你应该基本上能勾画出一张简易平面图了。就作者的创作初衷而言，这三处空间的设置不仅仅满足了安置三类不同的人群，更重要的是，不同的空间涵纳的故事内容大不相同，三个空间的文学功能不同，写作风格的差异也很大。

荣国府基本上是一个真实的百年公爵家族的样态，作者生动真切地描写了清代贵族之家的日常生活，从这个意义上看《红楼梦》，就像参观一座明清时代的人类学博物馆。可以说，荣国府的故事是现实主义风格。

但是，宁国府却是污秽的代名词，这个空间以及它所承载的人和事，浓缩了作者对社会和人性的批判。这部分故事的文学写作手法，非常接近英国小说家狄更斯类型的批判现实主义。

至于大观园，则是作者建构的一个呵护清净女儿、呵护人间美好的乌托邦。从空间属性来说，大观园基本是一个理想主义空间，这部分故事的写作手法接近浪漫主义风格。

曹雪芹当然不是按照西方现代文学理论来筹划自己的著作的，但他为《红楼梦》设置的复合空间，的确巧妙地完成了文学的复合结构。这也恰可以从创作论的角度说明《红楼梦》这部小说的伟大和超前之处。

## 几点提示

除了两府一园，其实荣国府还包含两个附属空间——薛家住的梨香院和贾赦的宅院。它们虽然是附属空间，但存在的意义非常重要。作者之所以要特别设置这样的附属空间，正是因为它们在全书文学功能上的不可或缺性。

贾赦是贾母的长子、宝玉的伯父，他和夫人邢氏住在荣国府东南角上的一所宅院。据黛玉的观察忖度，这座宅院是从荣国府的旧花园分隔出去的，所以位置虽然相连，但其实是相互隔断的，连它的正门入口都不在荣国府内，而是要先从荣国府出去，绕到东南方向，再另进一扇黑油大门。贾赦和邢夫人夫妇也不跟贾母一起用饭，而是自己的府内人等单独起伙用膳。这意味着，荣国府的第三代，哥哥贾赦和弟弟贾政是分门另过的。

空间的分隔暗示着人的隔膜。在第八十回，这所宅院成为贾家内讧的策源地，贾家的"自杀自灭"与之有着直接关系。

而另一个附属空间——梨香院，它作为薛氏母子的寄居之所，以空间形式具体化了宝钗——金锁的存在，把"金玉姻缘"和"木石姻缘"这一组最核心的矛盾建于读者的眉睫之间。

明确了《红楼梦》的空间布局，认识到人物和空间的隶属关系，故事发展和空间之间的逻辑将会让我们更深入地理解《红楼梦》。以贾府三艳为例，迎春、探春、惜春的命运和她们各自原属的空间之间的关系，就特别值得关注。

迎春原本应该居住在父亲贾赦的院子，探春本该跟弟弟贾环一样生活在生母赵姨娘屋里，而最小的惜春是贾珍的胞妹，所以她本来属于宁国府。但从故事的开头，因为祖母疼爱孙女，贾府四艳自幼就跟随贾母生活。后来大姐元春被选入宫中，迎、探、惜三姐妹在大观园建成后，一起迁入其中居住。可以说，她们先是生活在贾母的庇护之下，然后是生活在大观园的庇护之下。但第八十回以后，也就是"三春过后"，大观园时代三年已过，大观园作为理想国的"魔力"消失了，迎、探、惜三位"红楼"女儿也将遭逢她们的真实命运。

懦弱的迎春被迫从园里搬走，屈从父亲贾赦为她指定的婚姻，很快被折磨致死；心性高强的探春为了赢得尊严和话语权，放弃生母，选择王夫人，却仍然奈何不了家族命运的衰落，最终只能含悲远嫁；精神洁癖的惜春断绝了和污浊的宁国府的关系，然而留给她的出路唯有出家。

从故事的角度看，《红楼梦》的空间构成是两府一园的位置格局；但从作者创作的角度看，是他对故事内容的一种结构性安排。每个空间都象征着主题的一部分，而每一位人物的人格和命运，都和其所隶属的空间有着深刻的关联。多元空间构成在文学功能上的优越性，在《红楼梦》中体现得非常充分，它既赋予故事以丰富性和复杂性，又在更深的层面隐喻着主题，暗示着故事走向。

# 生活美学

# 01

# 各美其美
## ——三位生活美学家

生活美学是进入《红楼梦》的一个方便法门。尤其是今天，随着人们对生活品质的日益关注，生活美学逐渐作为一个影响日广的社会现象进入公众视野。对衣食住行、美器美物的审美细化与品质考究，正在形成新的生活理念和生活态度。

《红楼梦》中关于审美化生活的描述可谓得天独厚，其素材既丰富，于中式古典生活样态几乎无所不包，而其描写又尽态极妍、得其神理，堪称探讨中式生活美学集大成式的教科书。

但如果只停留在锦衣玉食的层面，就很可能错过《红楼梦》隐藏在"美的形式"背后的深厚的"美的精神"，以及与故事逻辑和人物性情紧密结合在一起的、不可分割的"美的灵魂"。所以，在这一部分，我想借着《红楼梦》的丰富素材，聊聊中国人的物质生活和心灵生活之间的关系。

现在，懂得生活趣味、善于经营生活品位的人，往往被冠以"生活家"的雅号。在《红楼梦》的生活情境里放眼一望，贾府上下可谓皆是审美者，甚至很多丫鬟都品位不俗。几名地位比较高的一等奴仆，家里更是亭台楼阁、泉石林木，竟然有几处让贾母等人有惊奇骇目之感。

但是，如何称得起生活家，恐怕还是要有些基本的身心涵养作为考量：

其一，拥有充裕的应对日常生活的能力。无论柴米油盐，还是四时寒暑，都能把自己和家庭呵护好。这既是本分，也是本事。

其二，永葆对生活的热爱，对审美的热情，这样才能有动力把在人间的每个日子过好。

其三，能够把精神生活和物质生活合二为一，经营出有灵性光辉的生活。这既是心灵的能力，也是心灵的归宿。

参照以上几点，《红楼梦》里有三位人物——王熙凤、贾母和林黛玉——值得专门说一说。她们年龄不同、所受教育不同、性格迥异，却分别从三个维度构成了《红楼梦》生活家的典型。

## 泼辣的王熙凤

王熙凤的生活可以用两点概括：精明能干和高度物质化。衣食住行、柴米油盐、四时八节，甚至知人论世，她没一样不精通，件件都能说得透彻、干得麻利。

比如，第三回林黛玉初进荣国府，她一见之下就对这位小姑娘的秉性气质摸了个八九分，所以当晚给黛玉准备衾枕床帐的时候，她准确地挑选了一副藕荷色的花帐送来。藕荷色配林妹妹，正对伊人韵致，这样一幅花帐，才不轻慢了林妹妹。由此可见凤姐儿的眼力。

再比如，贾府菜谱上有一道茄鲞，非常美味，但是烹饪过程极为烦琐。刘姥姥随口问了声是怎么做的，凤姐儿当即三下五除二，把十几种配料、十几道烹制程序说了个清清爽爽，听得刘姥姥这位老村妇直唤"我的佛祖！"。

当荣国府偌大的家，凤姐儿是毫厘不爽；自己家的小日子，她也打理得有滋有味。一入冬，她家的小厨房里野鸡崽子汤就烧得滚热。暮色四合，寒气侵人，她家的餐桌上却是热腾腾的。

论过日子的本事，凤姐儿可以说是有全副的武艺。不过，精明强干的凤姐儿有一个致命的弱项，那就是她没读过书，不识字。凤姐儿出自金陵王家，自小被充男孩儿养活。而王家出身兵家，看来其家风是男子也不怎么读书，所以从王夫人到凤姐儿都不识字，也都不见有什么文艺爱好。

姐妹们赏雪作诗，凤姐儿凭机灵劲儿也能起一句"一夜北风紧"。可是，只此而已。她的生活，到底没能升华出精神的灵光。

书里有个细节，刘姥姥第一次进她的屋子，"才入堂屋，只闻一阵香扑了脸来，竟不辨是何香味，身子如在云端里一般"。再看满屋里的东西，都是"精光耀眼"的。

王熙凤身上闪耀着一种活泼泼的世俗光彩，但是，这也正是她令人感慨之处。她始终缺乏精神的自省，被强烈的物欲消耗着生命，最终断送于自己的贪婪和自私，所谓"机关算尽太聪明，反误了卿卿性命"。

## 审美高级的贾母

跟王熙凤的世俗趣味比起来，贾母是另一种典型。

如果生活在今天，我想贾母一定是一位爱看演出、爱逛博物馆，又超爱旅行的老太太。她有着深厚的艺术修养，高雅的审美品位，同时又永远对艺术性的生活兴致勃勃。作为一位从侯爵府嫁入公爵府，一生都处于荣华富贵的包裹之中的贵妇人，贾母最为可贵的是，她没有被年龄和地位消磨掉生命热力和审美热情。

贾母有着高超的艺术鉴赏眼光，而且她本人就是个大收藏家；她热爱音乐，兴致一来就让家里的戏班子按她的口味操演起来；大观园自从建好以后，每逢春秋佳日，她也没少进去散心遣兴。总之，这位老太太真心喜爱一切美的东西。

比如第四十回，秋高气爽，她率众游览大观园，顺路进了薛宝钗的蘅芜苑，发现宝钗的闺房看上去如雪洞一般，朴素到近乎寒酸，没有文玩陈设，案上只有一只普通的定窑花瓶，供着几枝菊花。贾母很不以为然，因为她的观念是，小姐的闺房可以大方而素净，但是不能寒素到有失体面。

于是她心念一动，干脆直接包办了对宝钗闺房陈设风格的改造。她几乎不假思索地找到了补救方案，慷慨地拿出了自己私房收藏的三件器物。

哪三件器物呢？

其一，石头盆景，就是一个微缩的山子石摆件。

其二，墨烟冻石鼎，也就是一只石头雕成的小鼎，石料是灰黑色的，且呈半透明状，名叫"冻石"，十分名贵。

其三，纱桌屏，就是一架放置在桌子上的小屏风，用纱做屏心。

留意一下色彩组合，你会发现，这三件器物是非常高级的黑白灰，而且石头的坚硬和纱质的柔和形成质感对比，纱桌屏的剔透又构成了虚实光影对比。总之，寥寥三件器物，却形成了多组对比与映衬的审美效果。

所以贾母说，这三样摆上，"包管又大方又素净"。宝钗的闺房瞬间就不那么单调和冰冷了。

再比如，中秋之夜，风清月白，老太太想听笛；元宵佳节，红火热闹，她却要听箫。其中都是深有讲究的。

笛子的声音悠扬明亮，有空间延展感，非常适合透澈的夜空和皎洁的月色。而箫的声音缥缈含蓄，贾母嫌元宵节的氛围太过喧闹，特意用箫声来配昆曲的清唱，正是感觉喧闹有过，反倒要舍之而追求一份清淡的音乐之美。

贾母代表的是清代贵族的审美品位。她的审美经验和趣味，是在贵族圈子里塑造出来的。

贾母出身于贾、史、王、薛四大家族里的史家，是侯爵家的小姐，嫁进更尊贵的公爵之家贾家，成为诰命夫人，到了晚年，更是宁荣二府辈分最高的老祖宗。她可以作为明清时代贵族审美趣味的样本来研究。

但是，像贾母这种人，虽然有热情、有品位，生活却过于奢华，一般人享受不起。

## 草木之人林黛玉

再来看看第三位生活家林黛玉，她的生活可以概括为两个词：灵性和诗性。

不过，首先申明一点，我所说的黛玉的生活，可不是一天一两燕窝，动不动就淌眼抹泪的那部分，而是指向天地自然，从中找到心灵归宿的部分。

作者让黛玉葬花，以现代的眼光来看，很像是一场行为艺术，但这并非出于矫情，而是用一种艺术化的手法告诉你，林姑娘是和大自然连通的。正是同一个原因，作者让黛玉姓林，暗示她是草木之人。

林黛玉不光跟植物亲近，跟动物也相亲相近。潇湘馆的房梁上住着燕子一家，黛玉嘱咐紫鹃，一定要等傍晚大燕子回来，再把帘子放下。她还饲养了一只鹦鹉，鹦鹉会说"林姑娘回来了"，会念她的诗句"花落人亡两不知"。

所以,《红楼梦》通过黛玉,建构了一种人和自然连通一体、没有隔阂的语境,生活在这种诗性的语境中,心灵指数高而物质消耗低。借用王阳明的话来说,就是"明月清风不用钱"。

其实,林黛玉的生活态度是有来处的,能一路追溯到陶渊明。作者塑造的林黛玉,带有高纯度的精神性和人格美学特征。作者给她的核心定义是诗人,而其人格美学的参照来自魏晋的士人风流。尤其是她的诗性与自然性,是明确以陶渊明为人格模本和精神典范的。

体现在文本中,最具说服力的是第三十八回"林潇湘魁夺菊花诗"。

大观园诗社初兴,第二社宝钗与湘云拟定为菊花诗会,共拟十二诗题,黛玉于其中勾选三题,结果三首诗竟独占前三甲,《咏菊》第一,《问菊》第二,《菊梦》第三。推敲这三首诗,你会发现,其中共同的精神指向,都是向陶渊明致敬。比如《咏菊》之"一从陶令平章后,千古高风说到今",《菊梦》再称"忆旧还寻陶令盟",《问菊》又叩问于东篱——"孤标傲世偕谁隐"。可以说,《红楼梦》作者塑造黛玉的人格,最得意的手段就是让诗成为她的灵魂,又通过诗使她上接千载之魏晋高标,进而不断造就黛玉人格的诗化与纯化之美。

如果细读黛玉构思过程的那一小节文字,你会发现,这组诗的呈现已是最终结果,而作者更为高明的笔墨,是对黛玉在动笔前的一段构思过程的描写，真可谓入神入理。林黛玉作为一个审美主体，自觉地进入一种审美情境中，通过一系列语默动静，以一种先验的、神游的状态融入陶诗，接近陶的精神。

且看她的一系列行止：

其一，垂钓。

"黛玉自令人掇了一个绣墩倚栏杆坐着，拿着钓竿钓鱼。"垂钓之趣，在于临水而自得，悠然忘机。

其二，选器。

"黛玉放下钓竿，走至座间，拿起那乌银梅花自斟壶来，拣了一个小小的海棠冻石蕉叶杯。"黛玉特意"拣"出的器具，壶和杯都堪称精雅。

先说壶，质地为乌银，哑光、不炫目；图案为梅花，赏器有横枝之姿，论物有品格之清。可见这只壶整体的审美特点是雅致而含蓄，符合黛玉的诗人气质，堪为她取中之器。不过，它真正的点睛之处在于它的功能定位——自斟壶。

再说杯，小小一只海棠冻石蕉叶杯。冻石是质地，半透明似玉的美石；海棠是石色，娇艳的海棠红色；蕉叶是杯形，状如蕉叶微卷，浅浅一叶，仅杯底可容酒少许，极为小巧，可目品，堪把玩，且正配黛玉的纤袅。琢器如此，已是在趣不在酒。

在此要补充一句：这只杯子是黛玉精挑出来的，视觉形态汇集了海棠与芭蕉，与怡红院中"蕉棠两植"相呼应，其中更有隐喻深意。①

其三，饮酒自斟。

"丫鬟看见黛玉执壶选杯，知道她要饮酒，忙着走上来斟。"黛玉如何答？——"你们只管吃去，让我自斟，这才有趣儿。"

为什么自斟才有趣？自斟、自饮，是以自在、自适为妙趣。这是作者特意强调自斟壶的原因。

令人称奇的是，素来柔弱的黛玉此时竟然提出要"热热的喝口烧酒"。要知道，通部《红楼梦》里的人物几乎都是喝黄酒，真正写到喝烧酒的只此一处，唯黛玉一人。

那么，看看黛玉一系列的动线，她到底在干什么呢？她的一连串行为是有关联的吗？或者说，作者所设计的一系列言动行止，究竟意在呈现一个怎样的诗人林黛玉呢？

如果对陶渊明和他的诗文有一定的熟悉度，答案就自然在其中了。

黛玉临水垂钓，是因为陶诗有"临清流而赋诗"。此时正是黛玉入诗境的开始，心中诗意若隐若现，如鱼儿探钩若吞若吐。

接下来的执自斟壶、选杯、饮酒，是因为陶诗有"引壶觞以自酌"，更有"酒熟吾自斟"。酒熟是煮酒加热，所

———————
① 参见后文"象征符号"一章中的"蕉棠两植"一节。

以黛玉此刻特地要"热热的喝口",正是仿效渊明诗意。虽然她给丫鬟的理由是因吃了螃蟹微有不适,所以想喝热酒,实则是诗意贮于胸中,诗人自享其妙,未足为外人道也。

此时的黛玉文机已动,诗兴已发,正会意于渊明之诗。而渊明好酒,黛玉亦不能无酒,借酒致意,悠然有得于心,所谓"神会"。至于黛玉是否真要饮酒、饮多饮少倒在其次。果然,当宝玉令人将"合欢花浸的酒"烫了一壶来,黛玉只吃了一口便放下了。

为什么一定是烧酒?或许,这是诗人林黛玉为诗解放了天赋性情,生出游走于内心的几分狂气,也在魏晋精神审美的映照之中。

在整个构思过程中,黛玉的内在精神是流动的、兴奋活跃的,而其一系列外在行为都在内在精神的推动之下。

据此来看,未动笔之先,黛玉已入诗。身与心全在诗境之中,待诉于笔端,能不一发而中?

陶渊明不仅是林黛玉的诗性与人格的比照,实际上,他为中国人建构了一片心灵田园,中国文化中自然观、宇宙观、生命观的成熟,都曾经过陶渊明的精神光照。在陶渊明的眼里,风是好风,雨是好雨,宵是良宵,宇宙之内无不可爱。你能感觉到有一股欢喜从生命里流淌出来,最终落实于自己每日每时的真实生活中——"众鸟欣有托,吾亦爱吾庐"。

林黛玉的形象是在陶渊明的人格启发之下,在诗性的统御之下形成的。作为天然之人，黛玉在自然草木、花鸟生灵之间拥有自己的审美生活；作为诗人，她在诗的时空中高度审美性地存在。她是一位自觉的审美主体，生命灵性充分地介入她的生活，使她在其中获得最好的自己。

《红楼梦》里的三位生活家，其实各自给我们贡献了一个生活维度：

第一，物质性，必须具备打理生活的本领，这一点可以参照凤姐儿。

第二，审美性，对美的热情和对生活的好奇心，这一点可以参照贾母。

第三，诗性、灵性与天然性，从诗性、灵性中获得心灵的自适与安顿，从天地万物中感知天然趣味，获得精神源泉，这一点可以参照林黛玉。

虽然小说有艺术的夸张，但这三个维度足以提供给今天的中国人参考，以此建构自己的生活——不但健康丰富，而且风雅又不失活泼，自带诗性。

<br>

## 02

# 天机云锦
## ——"红楼"服饰与人物

<br>

这一节，我们一起感受《红楼梦》里的服饰美学，看看曹雪芹用刺绣一样的文字，为书中人物量身定制的一件件文采华服。

第四十九回，在大观园那场盛大的雪中，薛宝钗穿了这样一件外套：莲青斗纹锦上添花洋线番羓丝鹤氅。作者一口气用了十三个字作定语，分了五个层次，依次是颜色、纹样、工艺、质地、款式，才把这件衣服精雕细琢地描述完整。

薛宝钗到底穿了一件什么样的御雪外衣呢？

翻译成现代语言，这是一件蓝紫色的、织着传统斗纹纹样的、用西洋特别织造技术织就的、含有进口羊绒成分的鹤氅。所谓"鹤氅"，是一种传统式样的宽袍大袖的外套，自古为文人逸士所爱，穿着在身，自具一番出尘的仙风道骨。在《红楼梦》里，穿过鹤氅的人只有两位：林黛玉和薛宝钗，而且都是在这一幕雪景中。

说到中国文学作品中对衣服和织物细腻的关注程度，现代作家张爱玲在她的《更衣记》里说："唯有世界上最清闲的国家里最闲的人，方才能够领略到这些细节的妙处。"

读着《红楼梦》中一处处精致细腻的描摹织物面料的文字，眼前往往会浮现出一个人双手摩挲着织物肌理，陶醉其中的情景。

为什么《红楼梦》要这么一丝不苟、细腻感性地描述衣服呢？难道只是闲人的闲情吗？

以往的解释总是离不开作者曹雪芹的家世。曹家三代出任江宁织造，在任将近六十年，职责就是为皇家督造各种丝绸和服饰。曹雪芹自小耳濡目染，自然也是这方面的行家。所以我不禁想象，或许初动笔创作时，他就已经开始乐此不疲地动用自己全部的知识储备和审美理想，给他的"红楼梦中人"量身定制华裳丽服了。作者于此所倾注的匠心，绝不单纯是为了呈现物质性的、视觉的美，更是为了还原生活场景里的人，使衣饰与人物融合为一体，最终完成人物塑造。而更深的绸缪，是为了作品的成立而整体性地、意象性地规划了服饰、色彩和写作方法。

## 王熙凤：鲜花着锦，烈火烹油

王熙凤生得身量苗条，体格风骚，天生一副衣裳架子。她是怎么穿的呢？概括而言，就是奢华富丽，基本上属于什么最贵穿什么，怎么热闹怎么穿。

首先，缂丝（刻丝）和裘皮都是她的至爱。

缂丝是一种极为贵重的丝织品。它采用"通经断纬"

的织造方法，织出来的花纹有立体感，呈现出特别的艺术效果。因为它极为费工，极其昂贵，所以民间说"一寸缂丝一寸金"。裘皮不用多说，自古以来，"貂裘"就是豪奢的代名词。一入冬，王熙凤就换上了这套居家行头：头上戴着紫貂昭君套，围着攒珠勒子；身上穿着桃红撒花袄，罩着石青缂丝灰鼠披风，下身是大红洋绉银鼠皮裙。她的帽子是貂皮的，披风是皮毛里儿、缂丝面儿的，裙子也是皮里儿的，一身上下，不是缂丝就是裘皮。对王熙凤来说，这种顶级奢侈品只是家常装扮。刘姥姥第一次见凤姐儿时，在这位老村妇眼里，凤姐儿粉光脂艳，端端正正坐在那里，手内拿着小铜火箸儿拨手炉内的灰。衣装之奢华，气度之悠闲，传达着一种不言而喻的优越与傲慢。

其次，除了材质的奢华，在色彩上，凤姐儿的追求是鲜艳热烈。

第三回，林黛玉从扬州远道而来，第一次进荣国府见贾母的场景，也是凤姐儿的第一次正式亮相。小说里这样描述她："彩绣辉煌，恍若神妃仙子。头上戴着金丝八宝攒珠髻，绾着朝阳五凤挂珠钗，项上戴着赤金盘螭璎珞圈，裙边系着豆绿宫绦双衡比目玫瑰佩，身上穿着缕金百蝶穿花大红洋缎窄裉袄，外罩五彩刻丝石青银鼠褂，下着翡翠撒花洋绉裙。"去除那些烦琐的配饰与语言修饰，只看主色调，就会发现，她上身穿的是大红袄，下身是翡翠绿裙子。大红撞翡翠绿，这是典型的王熙凤配色。

穿得奢侈，穿得浓烈，穿得抢眼，王熙凤的魅力就在于这股子烈火烹油的鲜活劲儿。显赫的出身、得意正浓的处境、好胜张扬的个性，一股脑儿地都从凤姐儿的穿着打扮上体现出来了。

但是，为什么王熙凤那么爱穿皮毛？除了奢侈，故事越往后推进，看得就越明白，其实是因为她体质虚弱，比别人怕冷。一旦不上妆，她就露出一张黄黄脸儿，这是严重血气不足的表现。

## 林黛玉：千江有水千江月

作者高调地写凤姐儿的盛装，可对于林黛玉，写法却截然相反。

如果熟悉《红楼梦》原著，你不妨试想一下对林黛玉的衣饰风格、面料、色系有没有印象。可以肯定地说，基本不会有印象，因为作者没怎么写过。

小说文本里，对黛玉的服装、配饰、发型，甚至她闺房内的布置、日用器皿等，所有关于黛玉的具体信息，作者都极尽克制地不写或少写。就连黛玉的相貌，他也不肯落实笔墨作写生式的描画，只写道："两弯似蹙非蹙罥烟眉，一双似喜非喜含情目。"写的纯是气质神韵。

为什么会这样？我想是因为作者太偏爱黛玉了。在中国传统审美中，对"含蓄"之美的定义，很有分量的八个字是"不着一字，尽得风流"。所谓"含蓄"，就是感情的内化，表现在具体的艺术手法上，就是克制。

《红楼梦》作者对黛玉的"不写"，其实是生怕让读者"着相"，一落笔就具象，一具象就失去了想象空间。所以他不去限定，而只是启发联想。对一位艺术家来说，克制是最难的。对一位作家来说，"不写之写"是最大的克制，也是最高明的艺术手段。作者心里期待的艺术效果是"千江有水千江月"，他想让每个人在自己心里尽其想象，生成只属于自己的、无可替代的林妹妹。

但这个"不写"的原则又不是那么绝对。作者曾经两次提及黛玉的着装，都是在落雪的情境中。第八回，前大观园时代，宝黛二人都去梨香院探问宝钗小恙，因为下了半日雪珠儿，所以黛玉穿了大红羽缎对衿褂子。堪称惊艳的是，在第四十九回，作者打破了自我禁忌，对黛玉全身服饰着意描画敷色，这就有了前文提及的那件鹤氅，也是大红色的。

大观园时代的第一个冬天，十月里一场盛大的初雪，将大观园从天到地变成了玉琉璃一样的世界，姐妹们早就约好赏雪作诗，宝玉先到潇湘馆邀黛玉，再一起去稻香村会齐众姐妹。

为了踏雪，黛玉特地换装：身上是大红羽纱面白狐狸里的鹤氅——与宝钗的莲青色鹤氅不同，黛玉的是大红色挂白狐里儿，轻盈、温暖、飘逸，正配她怯弱不胜的风流态度；腰间是青金闪绿双环四合如意绦，头上又戴了雪帽，脚下是掐金挖云红香羊皮小靴。穿戴停当的黛玉，和宝玉一样，都是一身夺目的大红，然后"二人一齐踏雪行来"。

每每读到这一段，我就会想起《诗经》里的那首《北风》："北风其凉，雨雪其雱。惠而好我，携手同行。"北风吹着，大雪飘着，可是不管多么寒冷，我和你同行，你心里有我，我心里有你。

曹雪芹主动打破"不写"的原则，为的是让穿大红羽纱鹤氅的林妹妹和披大红猩猩毡斗篷的宝哥哥，在漫天的大雪里，"惠而好我，携手同行"。

如果再追问一下，黛玉踏雪，作者为什么特意将她的着装设计为鹤氅，且一定是大红鹤氅呢？总览中国文化史，关于鹤氅与雪景最著名的一段佳话，出自《世说新语》，书中记载王恭"尝披鹤氅行雪中"，时人评价说："此真神仙中人也！"

原来这又是一处"不写之写"。对于这位"神仙中人"、宝玉口中"神仙似的"林妹妹、"世外仙姝寂寞林"，作者又一次比照魏晋审美称许了她的风流超逸。至于大红色，原是作者心中属于"红楼"女儿、属于理想的最美的色彩。

所以，在宝玉和黛玉这次行程的终点，作者做出了更令人称叹的安排：稻香村门外，只见众姐妹都在那边，一色十来件大红斗篷，"映着大雪，好不齐整！"

这时候，如果从高空俯瞰，你会看到天地晶莹，一片白茫茫之中,一边是两点大红,相伴迤逦而行;另一边是十几点绰约的红,辉映着白雪。不远处的栊翠庵门前,更有一簇簇红梅,开得如胭脂一般。

在这一幕,作者写衣服,不光是为了刻画人物,而是以独具的匠心,推出了全书的主旨。

红得逼人眼目的大红斗篷,美得动人心魄的青春生命,在白皑皑的世界里放出光彩。面对这番雪景,熟悉《红楼梦》的人也许很容易想起那句"落了片白茫茫大地真干净!"但是,请不要忽略大雪中那一丛美好的红色身影。白茫茫大地与脂粉香娃以及红梅叠加在一起,才是《红楼梦》完整的精神意蕴。

《红楼梦》作者的确希望世人具备一种洞察力,看到繁华过眼成空。但是,他真正想说的是,大观园里有过"琉璃世界白雪红梅",有过这一群"割腥啖膻的脂粉香娃"鲜活的生命,这世间的美好,美如理想。一切虽然会成为过去,却不会归于空幻,其价值不会随其结束而消逝。你珍惜过的,终会留下美好,留下温暖。

## 贾宝玉:最爱穿红

《红楼梦》里最爱红色,也最爱穿红色的,并不是"红楼"女儿们,而是贾宝玉这位"怡红公子"。

贾宝玉和红色的关联,既是人物形象的关联,同时又是一种重要的意象性关联。他出生时嘴里衔的通灵宝玉"灿若明霞",为这块玉打络子不宜用大红丝线,因为会犯色,可以确认通灵玉是红色,而神瑛侍者本就来自"赤瑕宫"。留意一下文本,你还会发现,宝玉日常的衣服都以红色为主色。

宝玉自号"怡红公子",《红楼梦》作者自号"悼红轩主人",这部小说又叫《红楼梦》。"红"是这部书的灵魂色,是它的核心意象,也是作者为第一人物宝玉设置的标志色。因此,"红"是《红楼梦》这座艺术大厦里最核心、等级最高的象征符号。作者把这个世界的美好,以及自己的理想、深情,都寄托于一个"红"字。作者和宝玉都是红色的守护者,是美好的守护者。

所以,回想前文提到的那场琉璃世界白雪红梅的盛事,就更能领悟这个场景在作者笔下的分量。

围绕大红色,《红楼梦》作者为宝玉设计了他专有的服装配色方案。跟凤姐儿的一味鲜艳浓烈不同,宝玉的色系要高级得多,柔和的秋香色、松花色加进来,用以调和大红;金色作为纹样点缀,石青则常用于外套,压住里层的大红色,使整体色系既有丰富的层次,又不失硬朗和沉着。

第三回,宝玉第一次出现在黛玉面前,因为是从寺庙还愿回来,身穿"二色金百蝶穿花大红箭袖",这是较为隆重的正装亮相;第十九回,正是元宵节下,又值元妃省亲刚结束,宝玉去宁国府看戏,身穿"大红金蟒狐腋箭袖",

这是贾府烈火烹油之势在小国舅爷身上的投射，可谓轻裘宝带。而在家常情境中，他的衣服配色则要柔和许多。比如第八回他去望候小恙的宝钗，"身上穿着秋香色立白狐腋箭袖"；第七十八回描写了他脱掉外衣之后的里层配色：松花色绫子夹袄，血点子般大红裤子，石青靴子。

松花色和秋香色属于传统中国色系里典型的植物系色彩，在今天基本都可以列入大地色系。松树开的花是什么颜色，恐怕有印象的人不太多。松花色是一种茸茸的嫩黄色中糅一点绿，十分清新雅致。秋香色，一看便知是秋天的颜色，是黄与绿中和成的一种沉稳的棕黄。清朝前期曾经规定秋香色、米色、香色等均为皇家专用，官民禁用，否则就会论罪处罚，可见其高雅与尊贵。

松花、秋香两种颜色，一者清新，一者稳重，都可以对大红色起到很好的中和效果，且非常适合少年宝玉的身份、形象和气质。

而宝玉服装的红配绿，则几乎全然是一个意象性的表达，它隐喻着花柳繁华的"三春"盛景，也表征着一个盛大的落幕。

前文讲过，全书的分水岭是大观园第二年的夏天，宝玉生日当天。作者为这预言性的一刻安排了最烂漫、最恣意的一次色彩秀："宝玉只穿着大红棉纱小袄子，下面绿绫弹墨裱裤子，倚着一个各色玫瑰、芍药花瓣装的玉色裱纱新枕头。"花色各逞娇妍，交相烘托出红绿二色，呈现出极致之美。红绿之相衬，正是春花的意象，而红花亦是红颜。

红绿二色意象还构成了宝玉的环境色，比如"怡红快绿"；比如他身边最亲厚倚重的一女一男两位心腹，袭人姓花，茗烟姓叶，又是一处暗伏的红绿对比。

且住，第六十三回"开到荼蘼花事了"那支签子就要出现了，春深如海，终有落幕的时候。

从服装到色彩，《红楼梦》作者着意全局，寸寸经营，真可谓苦心孤诣。《红楼梦》里的服饰不仅有让人看花了眼的彩绣辉煌，最重要的是，这些服饰跟人物、情节，甚至主题都完全融为一体，成为一种有生命、有温度的存在。

# 03

# 四时甘浓
## ——美食的真境界

饮食在中国文化中的地位，自然毋庸置疑。《红楼梦》既然集中国文化之精华，如果在这一项上乏善可陈，如何能服众？！

那《红楼梦》在这方面到底表现如何呢？看看现在有多少"红楼宴"就知道了。

曹雪芹无疑是位文字天才，八九不离十也是位美食天才。他往往寥寥数字，就能把人的口水勾出来。大凡看过《红楼梦》的人，读到他笔下那些饮宴甘浓风味或精致四时小品，应该都体会过所谓"舌底鸣泉"的感觉吧。

举个例子，第四十一回，大观园第一年刚入秋，天清气朗，老祖宗携刘姥姥乘兴游园，上下众人簇拥而行。歇个脚的当口，丫鬟们捧上点心，揭开一盒一看，一样是藕粉桂糖糕，一样是松穰鹅油卷儿。只看这两色点心的名字透出的细腻馨香，谁的味蕾能无动于衷？藕粉糕的清新适口点缀着桂花的清香，鹅油卷儿恰到好处的润泽细腻间着松仁儿的浓香。

《红楼梦》里究竟什么最好吃？对于这个问题，应该是见仁见智。跟刘姥姥一样，对那道秘制茄鲞深感兴味的，一定大有人在。

茄鲞是什么？前文"各美其美"一节已略有所及。其实主料就是茄子干儿，但是辅料要搭进去十几只鸡，整个制作工序非常复杂，最后基本尝不出茄子的本味。

可是，茄子吃到如此"境界"，从哲学角度来看，多少有点异化的味道。孔夫子是美食家，说过"食不厌精，脍不厌细"；可他更是哲学家，还说过"过犹不及"。如果食物迷失了本味，其实是一种"失真"。吃一次两次觉得新鲜，时间一长，也就腻烦了。

果不其然，刘姥姥离开贾府的时候，反轮到平儿开口跟她要茄子了。平儿嘱咐刘姥姥：到年下，把家里晒的豇豆、扁豆、茄子、葫芦条儿这些干菜都带些来，"我们这里上上下下都爱吃"。

你看，就算吃遍山珍海味，不如菜根香甜，说到底，还是要归到"真味"二字。


## 两顿真味家常饭

读"红"多年，思摩寻味，《红楼梦》里最令人味之不尽的，倒是两顿家常饭。

其一是薛姨妈家冬天的一顿晚饭。

前文提过，前大观园时代，薛宝钗还住在梨香院，因偶染小恙，宝玉和黛玉前去探望。天晚了，又落着雪珠儿，就在薛姨妈家留饭。菜品不复杂：第一道，自家糟的鹅掌鸭信，配家藏的上好黄酒；第二道，酸笋鸡皮汤；第三道，碧粳粥。酒足饭饱，又酽酽的沏上茶来。

在冬日落雪的天气，跟家人、朋友吃上这么一顿，该是多么畅美惬怀！

另一顿香甜诱人的饭，是在暑热的夏天，众姐妹住进大观园的第二年。怡红院的丫鬟芳官错过了午饭，所以给自己单叫了一份饭菜，因为她跟管厨房的这位厨娘关系好，所以这位厨娘殷殷勤勤为她料理了一餐饭。

都有什么呢？一碗虾丸鸡皮汤，一碟胭脂鹅脯，一碗酒酿清蒸鸭子，再加上一碟四个奶油松瓤卷酥，最后还不忘一大碗热腾腾、碧荧荧的绿畦香稻粳米饭。

稍加揣摩，我们不难发现，这两顿饭很像是一份菜单。其实，这里暴露了作者自己的口味嗜好。

首先，汤都是鸡皮汤。薛姨妈家的是酸笋鸡皮汤，是冬天能喝到浑身微汗的那种。芳官的是虾丸鸡皮汤，夏天的口味，又清又鲜。

再有，两餐都有卤味，非鸭即鹅。

还有，粥和饭都是著名的碧粳米。因为这种米的米粒带有淡淡的绿色，用它蒸的饭、熬的粥都有一种碧荧荧的油光，所以得了这个名字。

中国自古就有"《汉书》下酒"的说法，读《红楼梦》下酒，端的是一桩人间美事！

## 四重饮食境界

《红楼梦》里的各种美食，靠的是贾府里豪华的厨房配置：荣国府里有一个大厨房加一个大观园专用小厨房，另外还有各位太太、奶奶自家的小灶。大厨房里预备老太太的饭，何等排场：把天下所有的菜蔬用水牌写了，天天转着吃。王夫人常年吃斋念佛，私厨里寻常多是些面筋豆腐，忽然一样椒油莼齑酱，也足可惹动读者老饕的艳羡。王熙凤会吃会做，书里几次出现她家里烧的滚热的野鸡、野鸡崽子汤等，嘴刁的老太太都跟她要生的炸上两块，说咸浸浸的，吃粥有味儿。

不过，讨论《红楼梦》里的美食，只停留在口腹之欲还远远不够。要知道，贾家是百年贵族之家，他们在饮食上的追求，早已经超越了吃饱吃好。细谙书中各色大小宴饮的情境滋味，至少可得以下四层境界。

首先，是吃对时节。

在《红楼梦》里，作者从头到尾，一直都在让故事紧随季节的节奏展开，情节里无不点染着时节风物，一茶一饭也无不对应着时节的味道。

比如一入秋，从精致小吃到饕餮大餐，样样都是秋色秋香。

众人游大观园，先上两样小点心：藕粉桂糖糕和松瓤鹅油卷。藕粉、桂花、松子，都是新秋风味。大观园里起诗社，菊花诗会伴着盛大的螃蟹宴，才不辜负这个凉秋。

"红楼"中人，始终都在"吃对时节"上下功夫。这能追溯到孔夫子立下的规矩——不时不食。

其次，追求综合感官享受。

就拿贾母的元宵节家宴来说，席面必定是经过精心设计的。别的不说，只看这几处细节：

第一，玲珑的山石盆景，青苔温润，鲜花开放，在北方的大冬天里，这无疑是视觉的惊喜；

第二，雅致的香具，焚着百合宫香，这是嗅觉的满足；

第三，精致考究的古董茶具，烹着各种名茶，更是必不可少的味觉享受。

第四，进餐全程，笙管笛箫，歌喉婉转，这是听觉的愉悦。

这一场宴席，眼耳鼻舌身意，色声香味触法，感官的享受，无以复加。但是，只停留在感官的层面还不够，《红楼梦》里的众人还吃得体面、有尊严，这便已上升到"礼"的层面了。

这还是要从孔夫子说起，他老早就立下了一条最基本的餐桌礼仪：食不言。

像贾家这样的大家族，更是规矩大。林黛玉进贾府，在老太太身边的第一顿饭，聚集了王夫人、李纨、王熙凤和迎春、探春、惜春三姐妹。你也许会想，家人、姐妹们聚在一起吃饭，这得多热闹。但是，对这第一顿饭，作者却用了四个字"寂然饭毕"来形容。也就是说,人在吃饭的过程中安安静静、斯斯文文,这是传统大家庭正餐席上最起码的规矩。

老太太的日常三餐,都是孙子孙女陪着吃,而王夫人、李纨、王熙凤都不能上桌,那她们干什么?李纨捧饭,王熙凤安箸,王夫人进羹,各尽其责。

大家族的规矩礼数让进大观园的刘姥姥看得入了迷,不由得感慨说:"别的罢了,我只爱你们家这行事。怪道说'礼出大家'!"

但是这种规矩又不是死的,如果宴席上有客人,那客人肯定会被让到上座。比如薛姨妈来了,虽然她是晚辈,但在餐桌上她会升格一级,跟老太太并坐。就连村妇刘姥姥来了,虽然实际上是沾不上边儿的关系,老太太也是口内尊称她为"老亲家",让到自己身边来坐。

最后,还得吃得风雅,吃出形而上的乐趣。

"吃"和"形而上"关联到一起,那就是超越了"吃"本体。

其实,获取食物只是最基本的层级,跟什么人吃、怎么吃可以获得情感和精神的愉悦,才是吃文化更高级的含义。

在《红楼梦》里,除了规规矩矩的日常三餐,只要是消遣游乐的宴饮,凡是吃的场合,不论尊卑老幼,几乎都少不了行酒令。酒令主要的形式,就是五花八门的文字游戏。

宝玉跟冯紫英、薛蟠这帮纨绔公子喝酒，酒令更是花样翻新，要即席作诗唱曲，不学无术的薛霸王也不得不赶鸭子上架。这种酒席，没点儿才情修养还真应付不了。

当然，最新雅别致的酒令玩法，都在大观园。比如史湘云，人都醉倒在芍药花丛里了，还不忘嘟嘟囔囔地说："泉香而酒冽，玉碗盛来琥珀光，直饮到梅梢月上，醉扶归，却为宜会亲友。"

这可以说是"红楼"酒令里最精彩的一条。它是一句古文加一句古诗，加一句元曲，再加一个曲牌名。没有相当的古诗、古文功底，别说写了，连听都听不懂。

曾经中国人在餐桌上可不是一味地胡吃海塞，要是肚里没点儿墨水，都不好意思招呼人喝酒。

《红楼梦》为什么能把吃写得这么活色生香呢？

首先，作者自己必定是个老饕，可以随时随地胃口大开。

中国文学史上最有名的美食家，首推苏东坡。哪怕处境艰难，他也能发明东坡肉，照吃荔枝三百颗不误。我想，如果曹雪芹和苏东坡生活在同一个时代，肯定是美食同谋。

其次，小到美食，大到伟大艺术的诞生，都是应运而生，依赖于时代的。

在此有必要提及一部中国饮食文化名著——袁枚的《随园食单》，它跟《红楼梦》是在相近的时间坐标和地域坐标产生的。袁枚与曹雪芹同时而稍晚，他在书中记述了一次去同僚家赴宴的经历，前面的菜品都还好，最后的粥、饭却出了问题，"粥饭粗粝"，不合胃口，回家以后，袁枚竟为此大病了一场！美食嗜欲竟然到如此地步，一碗粥喝不舒服，他就病给你看！

曹雪芹和袁枚都身处清代立国百年的鼎盛阶段，又都生长在江南鱼米之乡。所以，空间坐标是鱼米江南，时间坐标是太平盛世，须得如此天时地利、因缘俱足，才能孕育出这样的饮食文化和美食老饕！可见，《红楼梦》里吃得讲究，不纯是艺术杜撰，而是有着广阔的社会和时代背景支撑的。

闲话至此，实在忍不住要讲一下后四十回。哪怕是写小咸菜，曹雪芹写来也会让你觉得那滋味在味蕾上绕无穷匝；可是续书作者一试手，往往会让人替他尴尬。

比如，第八十七回，紫鹃对黛玉说，她叫厨房做了一碗火肉白菜汤，加五香大头菜，拌些麻油、醋，"可好么？"黛玉居然说"也使得"。此处真恨不得追上紫鹃，替林妹妹大喊一声："使不得！"

仅此一点，就基本上可以分辨出前八十回跟后四十回到底是不是一个人写的。

乾隆年间，有一位"红楼迷"叫爱新觉罗·裕瑞，他是豫亲王多铎的五世孙，写过一部《枣窗闲话》，里面有几条关于曹雪芹的记录："其人身胖、头广，而色黑。"

没错！曹雪芹很可能是个"黑胖子"。

还有一条提到了曹雪芹的口腹之欲，据传曹雪芹说过："若有人欲快睹我书，不难，惟日以南酒烧鸭享我，我即为之作书。"

所以，我有一个梦——

如果有一天，世界上真的有哆啦Ａ梦的时光机，一定要请它派一个专案组去找曹雪芹，出发前，务必把南酒烧鸭备足，一旦找到那个"黑胖子"，必须一把将他揪住，让他一气呵成，把《红楼梦》写完再说！

# 04

## 茜纱窗下
### ——中式空间审美

这一节的主题，是关于《红楼梦》里的"住"。

前面说过，入住大观园，是《红楼梦》的一个重要节点。在姐妹们入住大观园之前，偌大的园子里没有人居住。所以，曹雪芹用"寂寞"来形容入住前的大观园。但是，一旦这些美丽的居住者们搬进去，"登时园内花招绣带，柳拂香风，不似前番那等寂寞了"。

当"薛宝钗住了蘅芜苑，林黛玉住了潇湘馆，贾迎春住了缀锦楼，探春住了秋爽斋，惜春住了蓼风轩，李氏住了稻香村，宝玉住了怡红院"，非常奇妙地，寂寞的园林有了生气，空洞的房子有了温度，甚至连那些建筑的名字都显得更灵动了。用现在的话说，生活空间是人的外化和延伸，它会带上主人的风格和气质。

接下来，我会打开四个空间，两两对比，带你看看"红楼"众人的生活空间及其呈现出来的风格与气质。

一组是大和小，参照贾母的住处之大，来看潇湘馆之小；

一组是疏和密，疏是探春的秋爽斋，密是宝玉的怡红院。

大小与疏密，正是这些丰富的二元性，构成了中国式空间美学的趣味。

## 贾母住处之大，潇湘馆之小

先来看第一组对比——大和小。

贾母的住处之大，黛玉的潇湘馆之小，都曾让一个人惊奇。这个人是谁？刘姥姥。

刘姥姥看了潇湘馆以后的感想是："昨儿见了老太太正房，配上大箱、大柜、大桌子、大床，果然威武。……如今又见了这小屋子，更比大的越发齐整了。"这位老村妇也知道，空间的美确实跟大小无关，大有大的威武，小有小的精致。

潇湘馆确实不大，只有"小小两三间房舍"。所以，"小巧"是潇湘馆的客观条件。

再借一句刘姥姥的话："满屋子里的东西都只好看，都不知叫什么。"可见，潇湘馆里的东西并不少，而且相当精致，相当考究。至于到底怎么个好看法，作者只给你一个"拈花微笑"——凭你自己的想象去填充吧！

只有视觉上的好看是远远不够的，一个称得上美的空间，须得有灵魂、有情味。潇湘馆的灵魂是书香。刘姥姥"因见窗下案上设着笔砚，又见书架上磊着满满的书"，所以误认为"这必定是哪位哥儿的书房了"。等搞清楚主人是哪位，她先留神打量了黛玉一番，方笑道："这哪像个小姐的绣房，竟比那上等的书房还好。"

潇湘馆的情味，是主人与自然的物我情长。茜纱窗下是主人的诗稿；梁间有燕巢；不起眼的一处墙边靠着花锄花帚；窗外月魄初生，竹影参差；偶有风过，龙吟细细，凤尾森森。

## 秋爽斋的疏，怡红院的密

说完了大和小，再来看第二组对比——秋爽斋的疏和怡红院的密。

探春住的秋爽斋，在第四十回被浓墨重彩地描述过，"探春素喜阔朗"，所以，"三间屋子并不曾隔断"。

秋爽斋原本也是三间，但是被探春打通成一间，没有隔断。书房、卧室、会客厅，完全靠家具的摆放和器物陈设来划分。

从心理学的角度来看，驾驭得了这么大空间的人，可不是传统意义上的闺阁小姐。这样一位三小姐，后来在大观园兴起改革，希望能挽救家族命运，其实并不让人意外。

从这儿我们也能看出来，空间隔断的灵活性，恰恰是中式古典室内设计的长处。木格栅、屏风、纱幕都能够起到分隔空间的作用，又能灵活地撤去，且有着虚实相间的、丰富的光影效果。

跟探春的秋爽斋风格迥异的，是宝玉的怡红院。怡红院的空间风格，可以说是最让作者花心思的了。之所以如此，是因为这个空间构成含有大量的隐喻性，跟全书的精神主旨直接相关。

怡红院的装饰风格非常繁复，相当"洛可可风"。四壁珍宝，满眼锦绣，连地面都不肯放过，地砖"皆是碧绿凿花"。作者没说是什么材质，想来似乎是琉璃。如此奢华富丽，以至于酒醉误闯怡红院的刘姥姥醒来以后，被眼前的景象搞出了幻觉："这是哪个小姐的绣房，这样精致？我就像到了天宫里的一样。"怡红院的精致、细腻、华丽，正对应了茫茫大士口中的"花柳繁华地，温柔富贵乡"。

除了视觉上的花团锦簇、剔透玲珑，怡红院的内部空间还有一个重要特征——它是一处迷境。很多人进怡红院都会迷路。

比如第十七回，大观园刚完工，贾政在一众清客的陪同下视察工程，走到怡红院，一进门就迷路了，亏了贾珍带路，才从后门绕出来。

第四十一回，刘姥姥喝醉酒误闯进去，更是绕不出来，左撞右撞，竟然无意中碰到一个秘密机关，一面大镜子转开，镜子背后竟然是一道门，门后就是宝玉的卧室。

怡红院为什么这么容易让人迷路呢？

从表面上看，这里"收拾的与别处不同，竟分不出间隔来的"。秋爽斋是没有隔断的，怡红院恰恰相反，间隔太多，使用大量的帘幕、屏风、格栅来装饰。倏尔五色纱糊就，竟系小窗；倏尔彩绫轻覆，竟系幽户。

空间效果曲曲折折、虚虚实实，确实会让人有一种身在迷境的感觉。

这样的怡红院，是那块顽石在大荒山下所渴望的温柔富贵乡吗？是，又不仅仅是。怡红院让人晕头转向的花团锦簇，也许是作者的一片苦心。"迷路"其实是一个隐喻。红尘繁华，就像警幻仙子警告的那样，正是一个"迷人圈子"！

如果再关注一下怡红院的外围，你会发现，整座院落是被一层层玫瑰、蔷薇、宝相花的花障围起来的。其实，一般人走到这儿就已经如堕五里雾中了。

如果从后院门出去，绕出一层层花障，最后会看到一道清溪。而第五回的"太虚幻境"也恰有"一道黑溪阻路"，这种对应关系，也许是警幻仙子对宝玉发出的警告："此即迷津也！""作速回头要紧！"对于红尘繁华的过度沉溺，也是一条人性的迷津吧！

不过，这并不是说怡红院的里里外外纯粹是一种抽象的隐喻。这种中式美学的设计，又有扎进现实里的根基。

就拿宝玉卧室里那面大镜子来说，你当然可以把它理解为象征，所谓荣华富贵，不过都是镜花水月。但我的一位古建筑领域的朋友在研究清宫"样式雷"资料的时候，曾查阅到一张设计图纸，上面标着"镜子房"，图上清晰地画着镜子在房间里的位置，旁边有几个小字"镜子门"，还特别标注出那个秘密机关——销子——安放在哪里。曹雪芹有没有看过"样式雷"的设计稿，我不敢肯定，但这张设计图是真实存在的。更有可能的是，在曹雪芹生活的时代，这样的镜子门在富贵人家的家居中是真实存在的。

　　《红楼梦》的写作手法就是这样，虚虚实实，让人目眩神迷，又欲罢不能。主要人物的居所都不是闲笔随意写就，而是跟主人的性情、气质交相呼应，甚至成为主人的精神延伸。这样的居所，可以称为有灵魂的居所。

# 05
## 玩物养志
### ——器物审美与人格投射

这一节的主题，是关于《红楼梦》里器物的讲究，以及人们对器物的迷恋。

第三十七回，刚入秋，大观园的池塘里长出了新鲜的红菱和鸡头米，袭人派人送点儿去给史湘云尝鲜。她特地用白色的缠丝白玛瑙碟子盛了，再放进掐丝盒子里。这样，湘云收到礼物时，打开盒子，第一眼就会看见剔透的白玛瑙，衬着水灵灵、红艳艳的菱角。

如此赏心悦目，送礼的人、收礼的人两下欢喜。对器物的讲究，已经渗透到贾府的上上下下，简直进入毛细血管了。

对器物的喜好从何而来？

现代社会有个词叫"恋物癖"，随着社会的日渐富裕，大量物品涌入每个人的生活。据说，一个普通的三口之家，如果一件一件点数的话，家里总有上千件，甚至上万件东西。即使这样，人们还是不停地往购物车里加购。

在《红楼梦》里，上到公子小姐，下到丫鬟仆人，几乎人人都带点儿恋物的倾向。关键是，上上下下都或多或少具备一些器物修养。

在中国传统文化的语境里，"恋物"这个词，一不小心就会勾连出另一个词——玩物丧志。其实玩物丧志是对中国式器物哲学的误解。对于这种误解，明朝小品文大家张岱就发表过相反的观点。

他说自己"好精舍，好美婢……好鲜衣，好美食，好骏马，好华灯……"，一口气列了十几样，简直不知道还有什么是他不好的，真可谓"空前绝后"的恋物癖。他还有一句名言："人无癖不可与交，以其无深情也。人无疵不可与交，以其无真气也。"

张岱从一个极端走向了另一个极端，彻底为恋物癖平了反。在他看来，一个人要是完全没有点儿癖好，简直是一种人格缺陷。为什么呢？一个人连一件东西都喜欢不起来，可见不知深情为何物，所以他判定，这种人不值得交往。

为什么张岱会这么高调地力挺恋物癖？其实他是在响应王阳明的号召。

心学思想的创立者王阳明，把形而下的器物上升到哲学层面来讨论。王阳明的弟子王艮继承了王阳明的思想，提倡"百姓日用即道"，不管是柴米油盐，还是琴棋书画，在我们每天过的平常日子里，其实包含着人生真谛。

这个观点不但重塑了明朝民众的生活观，让人们意识到，原来寻常生活是有尊严的，而且让器物从此获得了人文价值，它们欢欢喜喜地占领了书房、厨房、客厅和卧室。

从此，"玩物"从精神上合法化，中国人的物质生活史和心灵生活史合二为一。

现在，我们就可以理解为什么大观园里的人过日子，几乎离不开美器美物。因为《红楼梦》的时代，正好处于心学倡导的器物观开花结果的时代，也就是说，从张岱的时代到曹雪芹的时代，人们真正把王阳明的思想过成了日子。

## 探春和宝玉的恋物癖

《红楼梦》的众多人物里，其中两位有典型的恋物癖：一位是偏重实操的探春，另一位是不光重实操，还探讨理念的宝玉。

下面就让他们两位现身说法，帮你推开一扇中式器物美学的窗户。

首先，大观园里对器物最刻意考究、一丝不苟的一位，就是贾宝玉同父异母的妹妹贾探春。一进她的闺房秋爽斋，就会感觉到主人的玩物功力之深。

先从她的清供器物说起。

"那一边设着斗大的一个汝窑花囊，插着满满的一囊水晶球儿的白菊。""左边紫檀架上放着一个大官窑的大盘，盘内盛着数十个娇黄玲珑大佛手。"

这里先不说东西有多贵重，我们先看看探春喜爱的色系：雨过天青色的汝窑青瓷，水晶球儿一样的白菊花，娇黄玲珑的大佛手。这几种色彩，都有一个共同基调：剔透、明快，让人眼前一亮。

再对照一下探春这个女孩子的气质："俊眼修眉，顾盼神飞，文彩精华，见之忘俗。"你会发现，这几件器物的气质，简直就是这位神清气爽的女孩儿的气质。

跟服饰、居室一样，器物和人之间也可以有这种奇妙的关联。通过器物，还可以了解一个人的深层人格，我们来看看探春的第二类收藏：文房。

探春是一位热爱书法的闺阁千金，她的文房器物可以讲究到这种程度："当地放着一张花梨大理石大案，案上磊着各种名人法帖。"法帖，是书法艺术的一个术语，足以作为临写范本的历代名作精摹本，才能叫法帖。在探春的书案上，这么名贵的法帖，多到成堆地摞起来。

再接着看，案上还有"数十方宝砚，各色笔筒，笔海内插的毛笔如树林一般"。

这种气派，这种阵势，是不是不太像一位闺秀的绣房？的确，贾探春的秋爽斋布置得太有气势、太有气派了！具体到每一件东西，探春都必须要顶级品质，而且偏爱体量大、数量多。

所以，这些宝砚、毛笔、法帖，再加上斗大的汝窑花囊，能放下几十个佛手的大官窑大盘，放在今天，没有一样不是博物馆重器。它们这么隆重的陈列方式，简直有一种排兵布阵的架势。

探春的好东西可不止这些，她还有一类收藏：金石书画。

进一步深入秋爽斋内部，你会看到：靠西墙边，也摆着一张大案，案上设着一只大鼎。墙上挂着一大幅北宋米芾的《烟雨图》，左右两边配着对联，是颜真卿的墨迹。又是大，大案、大鼎、大画，再加上颜真卿雄伟正大的书法。

这一组器物具有很强烈的男性化特点，跟探春的性别和身份有着严重错位。这哪里像是一位千金小姐的闺房？倒像是一位士大夫的书房。

而恰恰是这一组陈设，说破了探春心底的一个秘密：她正是比照着荣国府正堂，也就是她父亲的荣禧堂的格局势派，布置了自己的秋爽斋。

荣禧堂到底是一个什么性质的空间？为什么探春会选择它作为比照的标准？它是荣国府最高规格的空间，当然是一个完全属于男性的空间。它创立自第一代荣国公，也就是探春的太祖太爷。对探春来讲，荣禧堂是一个象征，象征着建功立业，以及以此赢得身份、地位和话语权，甚至出身的隐痛都会被这份功业冲淡和遮蔽。这正是探春渴望却又根本不可能实现的梦想。

她一板一眼地复制着：荣禧堂摆紫檀大案，她就摆黄花梨大案；荣禧堂设大鼎，她也设大鼎；荣禧堂挂墨龙大画，她就挂一大幅《烟雨图》。

你可能会问，她为什么要这么模仿？对探春来说，这不是模仿，而是她的人生宣言。

每个人都有自己的生命痛点。探春天性争胜好强，但是老天却偏偏跟她开了个玩笑，让她生而为庶出。所以，探春心底时时以出身为隐痛。她其实巴不得自己生为男儿，就像她愤愤地对亲生母亲赵姨娘说的："我但凡是个男人，可以出得去，我必早走了，立一番事业，那时自有我一番道理。偏我是女孩儿家，一句多话也没有我乱说的。"

这就是探春的生命之痛。所以这个女孩儿把自己的雄心壮志都寄托在器物上，在闺房里安置了一个士大夫之梦。

假如秋爽斋不叫秋爽斋，那它该叫什么呢？或许最合适的，是用颜真卿的书法，大大地写三个字——养志斋。

玩物以养志，这就是探春在那些贵重精致的器物上寄托的深意。

关于器物，《红楼梦》里还有个有意思的细节：晴雯撕扇。

贾宝玉劝导晴雯说："比如那扇子，原是扇的，你要撕着玩，也可以使得，只是不可生气时拿它出气。就如杯盘，原是盛东西的，你喜听那声响，就故意的碎了也可以使得。只是别在生气时拿它出气。这就是爱物了。"

宝玉想说的是：凡天下之物，皆跟人一样，是有情有理的。你要拿出情感来，像对有情人一样对它。所以，在中国传统文化里，人和物的理想关系是一种人格化的关系，有一种如对知己、情投意合的感觉。

这才是中国人的器物哲学：情物观。

# 06

# 花朝上巳

## ——大观园不一样的节日体系

说到生活美学，除了吃穿用度，少不了节日这一大项。这一节，我们来看看《红楼梦》里是怎么过节的。

说到中国传统节日的核心议题，仿佛无非吃喝，到了当下社会，又都变成了购物。当下社会如何姑且不论，传统节日的意义难道只在于吃喝吗？

古人过节，可不是那么简单的。节日，在中国人心里备受重视，我们称之为佳节，视之为良辰。

如果读过《红楼梦》，也许你还有印象：最喜气隆重的春节，头等大事就是大年初一，子孙齐集，在宗庙里祭祖；到了正月十五元宵节，"满屋里上头是灯，地下是火"，空气里弥漫着花炮焰火的气味；天儿热起来的时候有端午节；再过几个月，等天气转凉，中秋节又到了。

不过，你可能没有留意到，大观园和宁荣二府看上去都在过节，其实暗地里并行着两套不同的节日体系。读出这一层，你对中国的节日文化和《红楼梦》作者的创作深意，就会有超出一般人的理解。

## 《红楼梦》里的两套节日体系

所谓两套不同的节日体系，一套是伦理型节日体系，另一套是自然型节日体系。

荣国府里过的节，如春节、元宵节、中秋节等传统节日，直到今天我们都还在过，它们可以归入伦理型节日。

什么叫伦理型节日？我总结了这么几个特点：

第一，它以血缘信仰为最终诉求。

第二，参与者是家庭成员，或者家族成员。

第三，过节的场所大多在室内，比如春节；或者在庭院，比如中秋节。

但是，在大观园里，"红楼"女儿们过的节日，跟伦理型节日大不相同。

大观园里都过哪些节呢？花朝节、上巳节、芒种节。这一串名字，可能很多人都不太熟悉，也没过过。

花朝节，跟植物有关系，是民间传说的百花生日，传说这一天花神就座，从此百花萌动。具体的时间，一说在农历二月十二日，还有说法是二月十五日。庆祝的场所是花园或自然之中花木繁茂之处。上巳节，就是民间的三月三，时间大抵在清明前后，庆祝场所则是郊外的河边。花朝节或上巳节，都属于古代传统节日的另一个类别——自然型节日。

自然型节日有哪些特点？跟伦理型节日又有什么区别？

第一，这类节日以建立人和自然之间的亲密关系为诉求。

第二，参与者并不局限于血缘关系。

第三，过节场所在大自然之中。或者登山，比如重阳节；或者临水，比如上巳节。过上巳节，依照传统，要在郊外水边度过，甚至要下河洗澡。当年孔子和学生们"浴乎沂，风乎舞雩"，就是过上巳节的风俗。王羲之《兰亭集序》中记述名士们临清流激湍而曲水流觞，也是魏晋时期风雅化了的上巳节俗。

## 贾府里的伦理型节日

明白了伦理型节日和自然型节日的区别，我们来切近地观察一下《红楼梦》中这两种类型的节日都是怎么过的。

像贾府这样的公卿巨族，过年是一件极为严肃的大事。之所以严肃，首先是因为要祭祖。

且看这阵势：宁荣二府从大门开始，中轴线上的九层正门，一路大开。两边阶下一色朱红的巨型蜡烛，点得如两条金龙一般。真是壮观！

祠堂里，贾母作为最高辈分的长辈，对着祖宗画像拈香下拜，数百位家族子孙一齐跪下，瞬间把五间大厅、三间抱厦、内外廊檐、台阶上下塞得满满当当。

随着众人一起一拜，耳朵里听到的都是金玉首饰的叮当之声，鞋子衣服的飒沓之声。

这样的场景，对今天城市里的人来说，已经相当陌生了。但是，细想一想，其实并不真的有隔膜。每年大年三十，人们最向往的就是家人团聚一处，欢欢喜喜地吃一顿团圆饭。其实这跟过去那种肃穆的祭祖仪式的诉求是一样的，比"团圆"更深层的关键词就是"血缘"。

祭祖，完成的是对于血缘源头的致敬；而团圆，完成的是对家人、族人的血缘信念和亲情联结。

在贾府，除夕的团圆饭叫"合欢宴"，喝的汤叫"合欢汤"。到了中秋节，贾母赏月的时候，动用的桌子、椅子，一概都是圆的，为取团圆之意。合欢、团圆，都指向家庭成员的聚合。

实际上，经过数千年来的不断强化，血缘信念早已深深植入中国人的基因，成为我们共同的生命底层密码。所以，每到春节，就会出现那个奇迹——地球上最大规模的人群迁徙，目的地是家。无论多么艰难，人们心中都有着对团圆的渴望。

## 大观园的自然型节日

随着农耕文明的衰落、城市中人和自然的隔离，起源更加古老的自然型节日已经逐渐萎缩了，上巳节、花朝节基本从当代中国人的记忆里消失，我们的生活中几乎只剩下伦理型节日。

但是，在《红楼梦》里，自然型节日其实被作者放在了更高的位置上。在他的理想国大观园里，女儿们是天地自然的精华，她们过的都是自然型节日。也就是说，通过亲近自然的节日，作者想告诉你，大观园里的生活是中国人天人合一的理想。

比如芒种节。第二十七回，有两个美好的情节——黛玉葬花和宝钗扑蝶——在同一天出现，那天正是芒种节。按民间风俗，这一天要为花神送行。因为芒种节一过，众花皆谢，花神退位，接着就要入夏了。所以这一天在大观园格外隆重，满园里绣带飘飘，花枝招展。女孩子们打扮得漂漂亮亮，都来凑这个节日的兴致。

说到底，这是一个把人放回天地之间的节日。所以黛玉会在这时去葬花，连老成持重的薛宝钗都玩起扑蝶游戏，这是这位"红楼"女儿唯一一次释放出烂漫的天性，返回天地自然，打开了自己。

自然型节日跟伦理型节日从诉求上有根本差异，作者牢牢把握住了这个差异，甚至不动声色地缔造了一个自然型节日与人的隐喻体系:《红楼梦》里核心人物的生日谱系，都跟自然型节日编织在了一起。

比如黛玉的生日是农历二月十二，花朝节，而宝玉的生日则是芒种节。所以黛玉和宝玉的生日，一个是花神就位、百花萌动的日子，一个是花神退位、花事消歇的日子。他们两个是春天的一头一尾，正是"春"与"花"的代表。

这个不易察觉的节日与生日关联的小细节，正是作者煞费苦心之处。

小说里还有一个在自然型节日过生日的人——探春，她的生日是三月三上巳节。

## 为什么要安排两套节日

为什么作者要给大观园和贾府刻意安排两套不同体系的节日呢？

这就必须联系到中国古代的历法体系了。中国的传统历法，本身就是两套时间体系的合一，也就是所谓的"阴阳合历"。

荣国府的春节、元宵节、中秋节，时间不是初一就是十五，这是看月亮过节，属于阴阳合历里的太阴历部分。而大观园里的节日，追随着花花草草的自然时节，依据的是二十四节气，属于太阳历体系。

所以中国人过日子，既跟着月亮，又跟着太阳，随着春夏秋冬的脚步走。日月运行，万物安适，良辰美景，赏心乐事，这才是中国人的好日子。

四美俱全，殊非易事。

所以，明代戏剧家汤显祖在《牡丹亭》中感慨道："良辰美景奈何天，赏心乐事谁家院。"林黛玉引用过这句话，还被薛宝钗批评了，因为对闺阁女儿来说，《牡丹亭》属于禁书，不宜提及。

概括说来，《红楼梦》里络绎不绝的节日，其实分属于两套体系。一套是以血缘为诉求的伦理型节日，这类节日的欢聚，多半发生在宁荣二府。而作者更喜欢的，是另一套以亲近自然为诉求的自然型节日，以大观园为场所，这是作者所偏爱的天地自然之节、中国人的良辰吉日。

今天我们读《红楼梦》，也希望能唤醒自己体内休眠的文化基因，回到天地日月中，把每一个朴素的日子过成自己的良辰。这才是有生命的生活美学。

「叁」

文学杰作

# 01
# 通灵与绛珠
## ——神话里的精神主旨

从这一节开始，我们就要往《红楼梦》这部伟大小说的内核去探索，进入它的文学主旨。

在本书一开始，我梳理了《红楼梦》的故事线索。如果你对《红楼梦》比较熟悉，就会发现，我串联的故事线跳过了前两回，直接从第三回"林黛玉进贾府"讲起。确实也有不少人觉得《红楼梦》一开头，尤其是第一回很沉闷，不知所云，差不多是跳着读过去的。

《红楼梦》第一回是不是可有可无的？当然不是，最容易被人跳过不看的第一回，其实是"《红楼梦》之眼"，在全书里含金量最高。

## 章回小说的第一回很重要

《红楼梦》的故事，表面上看是一个大家族兴衰背景下的儿女情长，但在开篇第一回到第五回中，作者呕心沥血地搭建了一个哲学架构，这决定了这部作品必然会成为一部超越儿女情长的大书。在这个宏大的哲学架构中，第一回更是重中之重，作者在这一回中把自己的"立意本旨"

和盘托出。

其实，思想精华在第一回，是中国传统章回体小说的写作定律，第一回对全书而言往往具有如"开国定鼎"一般的意义。不光《红楼梦》，《三国演义》《水浒传》《西游记》都遵循了这一定律。这就像传统戏剧舞台上，人物第一次亮相时，都要自报家门，把自己姓甚名谁、家门何处、身世底里，跟观众通报一遍。如能细读、读透第一回，就如同探龙取珠，一上来便领会作者的核心观点和全书的精神主旨。

《红楼梦》的第一回，作者不仅遵循了这个文体传统——开门见山地自报家门，打算写一部什么样的书，想通过书里的故事传达什么样的精神内核，甚至加重了第一回统领全书的分量，升华了所讲故事的意义，从而使《红楼梦》的第一回相较于其他小说，更为举足轻重。

作者在第一回所投入的匠心非比寻常，他以高超的文学才能为我们呈现了内容极丰富而又极凝练、深邃宏大而又华美瑰丽的文学时空，其中包括通灵石与绛珠草的天上人间、茫茫大士和渺渺真人的宇宙时空、甄士隐与贾雨村镜花水月般映照的红尘选择和甄英莲的命运引线。在我个人超过三十年的《红楼梦》阅读史中，我一再重读、揣摩最深的就是第一回。这种重读并非只是无意义的重复，它不断地带给我新的收获和启示，我对作者的创作深意和写作手法有了更深的领会，我与作者的对话也随之一层层深入。

翻开脂砚斋批注版《红楼梦》，第一回入目第一行文字就是："此开卷第一回也。作者自云：因曾历过一番梦幻之后，故将真事隐去，而借'通灵'之说，撰此《石头记》一书也。"前文说过"梦破才有《红楼梦》"，此处作者便开宗明义，自述曾历过人生梦幻，红尘梦醒后，才动念写作这部《石头记》，也就是《红楼梦》。

概括言之，第一回由两部分内容构成：第一部分是两个神话故事——通灵石和绛珠草，第二部分是现实世界两个普通人的故事——甄士隐和贾雨村。

在神话部分，通灵石的故事发生在大荒山青埂峰，绛珠草的故事发生在西方灵河岸边的三生石畔，两者都是超越人间、红尘之外的所在。而在现实世界部分，甄士隐和贾雨村则生活于红尘深处的芸芸众生中。

不管是神话中的通灵石和绛珠草，还是红尘中的甄士隐和贾雨村，在作者笔下，都是具有象征性的。通灵石是一块顽石，绛珠草是一株仙草，一石一木，是作者最高的人文理想，也是全书符号象征体系的核心，还可以追溯到中国文化的自然观。正因为如此，贾宝玉和林黛玉的相恋，也被称为"木石之盟"。

而现实世界中的甄士隐和贾雨村，则是作者对人生价值观的表态，一真一假，代表了两种截然相反的价值观取向。

为什么要在第一回动用"神话"这种形式？因为借由神话所具有的特殊性，可以搭建起宏大的时空尺度，从而使作者自由无碍地在"永恒"与"无穷"的时空范畴内，在普遍人性的层面，建立起一组相互嵌入的宏大命题——"存在之虚空"与"生命之真义"。

正因为第一回的重要性，接下来我会多用一点文字，对这一回进行字斟句酌、刨根问底式的探寻。

## 两则神话故事，暗藏全书主旨

### 通灵石的故事

几乎是从全书一开篇，作者就进入了神话叙述：

> "列位看官：你道此书从何而来？说起根由虽近荒唐，细按则深有趣味。"

作者说，他将要讲的故事，无根无据，甚是荒诞，但如果细心思考和体会荒诞的形式之下所蕴含的象征意义，就会发现其中别有情怀。于是作者开讲了：

> "原来，女娲氏炼石补天之时，于大荒山无稽崖炼成高经十二丈、方经二十四丈顽石

三万六千五百零一块。娲皇氏只用了三万六千五百块，只单单的剩了一块未用，便弃在此山青埂峰下。谁知此石自经煅炼之后，灵性已通，因见众石俱得补天，独自己无材不堪入选，遂自怨自叹，日夜悲号惭愧。"

这里出现的一连串数字，往往会被初读者一掠而过，但它们是有特定意义的。中国的传统文化中蕴含着一个庞大而严密的符号体系，数字就是其中的重要组成部分。这里的"三万六千五百"，其实就是百年之数，呼应后文中贾氏这个百年之族，"十二丈""二十四丈"，对应十二月份、二十四节气。《红楼梦》所依托的文化大语境之一，就是《易经》中的天人关系。

这一段还有一处点睛之笔："此石自经煅炼之后，灵性已通。""灵性已通"四个字其实是全书之眼。作者所推崇的以贾宝玉和林黛玉等一干风流人物为代表的理想人格，正是以天然性灵与天地万物相连通的。

接着看：

"一日，正当嗟悼之际，俄见一僧一道远远而来，生得骨格不凡、丰神迥别，（注意，这是茫茫大士、渺渺真人的真相）说说笑笑来至峰下，坐于石边高谈快论。先是说些云山雾海、神仙玄幻

之事，后便说到红尘中荣华富贵。此石听了，不
觉打动凡心，也想要到人间去享一享这荣华富贵，
但自恨粗蠢，不得已，便口吐人言。"

"荣华富贵"四个字并不是随便一写，"荣国府"的命
名即是由此而来。石头打动凡心，渴望能到红尘中去经历
一遭，在富贵场中、温柔乡里享受几年荣耀繁华，二位仙
师却先给了它一番告诫，对石头说了四句话：

"那红尘中有却有些乐事，但不能永远依恃。"红尘中
的事物不是不好，但最后都是靠不住的。

"况又有'美中不足，好事多魔'八个字紧相连属。"
如果你也在红尘中打滚儿了二三十年，一定知道这话说得
不差。所谓世间真相，就是不完美。一心求完美，纯粹是
跟自己过不去。

"瞬息间则又乐极悲生，人非物换。"你刚觉得荣华富
贵、安稳如意，还没醒过味来，一切都已经变了。

"究竟是到头一梦，万境归空。"

如果你读的是脂砚斋批注版的《红楼梦》，会发现这四
句话旁边，有一行朱批："四句乃一部之总纲。"这是整部
《红楼梦》二元主题"空"和"情"中的一个。茫茫大士、
渺渺真人从开头就已经作出预言，石头往红尘中走这一遭，
是去"证空"。

"证"是佛家语，意思是证悟；"空"是佛家的核心概

念。佛学的宇宙观认为，一切存在都不出"成、住、坏、空"的根本规律。所谓"证空"，就是以自己的亲身体验去达成对"空"的认知。通灵石一定会如茫茫大士和渺渺真人所预言的那样，历尽繁华，渡尽劫波，印证"到头一梦，万境归空"，最终打回本质，回归大荒山。如果通读全书，你会发现茫茫大士这段话中的每一句，在后面的情节发展中都对应着一个大关节。而"瞬息间"三个字看似闲笔，无关痛痒，但是只有在盛极而衰、跌下巅峰的那一刻，才能体会到这三个字是何等动人心魄。

接着看：

> "那僧便念咒书符，大展幻术，将一块大石登时变成一块鲜明莹洁的美玉，且又缩成扇坠大小的可佩可拿。那僧托于掌上，笑道：'形体倒也是个宝物了，还只没有实在的好处，须得再镌上数字，使人一见便知是奇物方妙。然后好携你到那昌明隆盛之邦，诗礼簪缨之族，花柳繁华地，温柔富贵乡去安身乐业。'石头听了，喜不能禁，乃问：'不知赐了弟子哪几件奇处，又不知携了弟子到何地方？望乞明示，使弟子不惑。'那僧笑道：'你且莫问，日后自然明白的。'说着便袖了这石，同那道人飘然而去，竟不知投奔何方何舍。"

终于，顽石幻化为美玉。作为读者，我们在这里被给予了和茫茫大士、渺渺真人同样的全息视角，贾宝玉项上所挂的那块美玉现身了，鲜明莹洁，扇坠大小。它将在自身热望的带领下，向故事中心而去，路径指向非常明确：昌明隆盛之邦，即京城；诗礼簪缨之族，即贾家；花柳繁华地，即大观园；温柔富贵乡，即怡红院。但石头自己却是懵懂无知，在茫茫大士的袖中，不知被带往何方。

然后，作者的笔锋在这里顿了一顿。就在这顿挫之间，已经是几世几劫，万年已过。

## 绛珠草的故事

绛珠草还泪的故事，是红尘中一位富足的乡宦甄士隐在梦中听到的。在他的梦中，渺渺真人问茫茫大士要把通灵宝玉带向何方，茫茫大士便讲了这样一段故事：

> "只因西方灵河岸上三生石畔，有绛珠草一株。时有赤瑕宫神瑛侍者，日以甘露灌溉，这绛珠草便得久延岁月。后来既受天地精华，复得雨露滋养，遂得脱却草胎木质，得换人形，仅修成个女体，终日游于离恨天外，饥则食蜜青果为膳，渴则饮灌愁海水为汤。只因尚未酬报灌溉之德，故其五衷便郁结着一段缠绵不尽之意。"

近日神瑛侍者凡心偶炽，就在警幻仙子案前挂了号，想要下凡经历红尘。警幻仙子便对绛珠仙子说："灌溉之情未偿，趁此倒可了结的。"绛珠仙子因此做了一个重大决定："他是甘露之惠，我并无此水可还。他既下世为人，我也去下世为人，但把我一生所有的眼泪还他，也偿还得过他了。"

因为这一段还泪故事，引得多少风流冤家陪他们去了结此案，其中就有薛宝钗等"金陵十二钗"人物。茫茫大士想把那块玉夹带其中，让它随这一干人物到人间去经历一回。

绛珠草这个故事真美，美得很中国，值得为之浮一大白！须得心有灵窍之人，笔下才能生出"还泪"这样奇异的因缘！但是，除了美之外，作者还把什么深意嵌入其中了呢？

与它关联的核心词语——绛珠、赤瑕、草胎木质、受天地精华、得雨露滋养，无一不是"红楼"核心精神的透露。

比如绛珠、赤瑕，这两个词都含有红色。赤瑕即玉为红色而有瑕，后面的故事里数次强调通灵玉是红色，而不是我们可能在某些影视剧的特写镜头中所看到的白色。

绛珠从字面看是指红色的珠子，但它与玉石或珍珠毫无关系，而是"泣尽继之以血"，泪水哭干后，继之以泣血，是为斑斑血泪。在第二十七回"黛玉葬花"中，黛玉所作的长诗《葬花吟》中就有"独倚花锄泪暗洒，洒上空枝见血痕"之句。宝玉目睹黛玉葬花，听完《葬花吟》之诗后，旋即赴冯紫英之宴。席前行令，宝玉唱了一首《红豆曲》，其中有"滴不尽相思血泪抛红豆"之句。《红豆曲》和《葬花吟》需要双双并看，才能见出作者深意，"相思血泪"和"枝上血痕"，就是"绛珠"两个字的本义。而作者在书中一再表白，《红楼梦》于他而言就是一部血泪之书。他说："满纸荒唐言，一把辛酸泪。"又说："字字看来皆是血，十年辛苦不寻常。"而所有这些，在开篇就已凝结在"绛珠"两个字里了。

草胎木质的绛珠草化为仙子，她气质缠绵，而心性决绝："但把我一生所有的眼泪还他，也偿还得过他了！"

在"红楼"语言体系中，"眼泪"是真情的验证，是全书中最核心的象征符号之一。真情之所系，即是眼泪之所归。还泪，就是绛珠以毕生之泪偿还神瑛侍者这份深情。所以绛珠仙子这一遭红尘，是为"证情"而去的。

所谓"证情"，跟"证空"相对，就是以亲身体验达成对"情"的认知。

眼泪这个诗化的符号应该是全人类共通的。《圣经》中说：小心女人的眼泪，因为每流一滴，上帝都会计算它的分量。那么，滴滴血泪又该是什么分量?《红楼梦》作者想通过绛珠草的故事告诉读者，真情血泪，是与生死并在的人生命题，这就是绛珠仙子要以一生的泪水来亲证的。

另外，从文字风格而言，你有没有从绛珠草的故事中读出庄子《逍遥游》的神韵？其实这段文字几乎把从庄子一脉而来的道家语境发挥到了极致。

庄子说，在遥远的姑射之山，居住着一位姑射神人，她吸风饮露，游于四海之外；而曹雪芹笔下的绛珠仙子则出于西方灵河岸上，食密情果，饮灌愁海水，游于离恨天之外。姑射仙人的寓言是庄子用来讨论精神之逍遥的，而绛珠仙子的故事则是曹雪芹用来探讨真情存在的意义与生命价值的。

**两个神话的收结——情僧**

曹雪芹不但在通灵石和绛珠草两个故事里各自植入了一个隐喻性的精神主旨，同时又让它们分别领起一条故事线索：

通灵石入红尘历繁华，"到头一梦，万境归空"，这是"证空"；

绛珠仙子下世还泪，"但把我一生所有的泪水还他"，这是"证情"。

你可能会觉得困惑，既"证空"，又"证情"，这二元主旨不是相互矛盾的吗？其实，这两个主旨并不是平行的，而是有一定的逻辑关系，体现为时间上的先后次第。情是归向，空是过程。也就是说，情对空构成了否定之否定。

现在需要接续通灵石的后半段故事了。通灵石被茫茫大士和渺渺真人携带离开大荒山青埂峰，不知过了几世几劫，来了一位空空道人。"空空"，就是大空、空空如也的意思。他寻仙访道，路过大荒山无稽崖，看到一块大石，这正是那块通灵石，它又变成石头回到了大荒山原处。但是，这块石头跟之前不一样了，石上字迹分明，编述历历。空空道人从头到尾读下来，原来是这块石头自述曾经变幻成美玉，被茫茫大士、渺渺真人携入红尘，历尽离合悲欢、世态炎凉的故事。《红楼梦》又叫《石头记》，名字即源于此。

果然不出茫茫大士所料，这块石头从滚滚红尘中"证空"而归。"几世几劫"这样宏大的时间尺度，使这个神奇的故事从性质上演变成一场在亘古时空中进行的哲学论证。

空空道人浏览《石头记》，感觉"其中大旨谈情"。请注意，历劫而去、"证空"而回的通灵石，最终写成的一部《石头记》，竟然"大旨谈情"，岂不是"证空"而去，最终却"证情"而归？作者是否把故事讲错位了？

其实并不是。接下来，你会看到作者自觉、严谨地将两个故事的收结都导向"情"。空空道人在阅读抄录此书的过程中，竟然三观尽毁，"从此空空道人因空见色，由色生情，传情入色，自色悟空，遂易名为情僧，改《石头记》为《情僧录》"。最终空空道人弃大空而归情，全书的精神指向，究竟是归于空，还是归于情，岂不已经昭然？

从"空空"到"情僧"，这一处名相的转变并非闲笔，正是这个转变明确揭示了真正的"红楼"主旨。而且，由空转情的逻辑顺序至关重要。反向思考一下，假如这位观书人始名"情僧"，观书后改名为"空空道人"，那则是归于空无疑了。

佛教的核心经典《大般若经》里有一句话："万境归空，不舍有情。"我想，《红楼梦》作者想说的是：空是宇宙的根本法则，世间万物不过都是成住坏空。但是，不能因为一切终将归空就否定生命，否定存在和过程的意义。而生命存在的根本信念就是"有情"，对己身、对他者、对世间的一切有情。即使历经世态炎凉或者悲欢离合，而终于"不改深情"，才会为生命注入存在的意义。哲学家罗曼·罗兰有一句名言："世界上只有一种真正的英雄主义，就是在认清生活的真相后依然热爱生活。"这句话恰可以作为理解《红楼梦》的绝好注脚。

最后还要说一点，作者还以一则声明将自己所证命题拓宽至最大范畴。还是第一回，他借通灵石之口说，这部书不拘"朝代年纪，地舆邦国"，由此一举取消了《红楼梦》的时间限制和空间限制，使故事不至落入狭窄、具体的时代和地域，从而把自己的探讨放入更大、更广泛的时空和更普遍的人性中。

# 02

# 证空与证情
## ——"红楼"第一人的心灵史

通常读者会把贾宝玉当作《红楼梦》的第一男主角来看待，其实更准确地说，贾宝玉是《红楼梦》的第一主角，是"红楼"第一人。作者把自己的精神理想和人格理想都投射到贾宝玉身上，将自己的困惑，以及思考、求证的问题，一一设置为这个少年成长中的关口。可以说，贾宝玉是《红楼梦》作者的"精神之子"。

前文所说的"证空"和"证情"两条故事线索，也始终贯穿于宝玉的成长历程。我们会在贾宝玉的心灵成长史中，看到两个特殊的刹那促成的两次自我超越，一次是对生死观念的超越，一次是对自我观念的超越。

## 超越生死

第一个刹那，是"黛玉葬花"。通常人们认为作者是全为黛玉而写葬花，但在我看来，作者写葬花，其实五分为黛玉，五分为宝玉。"黛玉葬花"情节出现在第二十七回后半段"埋香冢飞燕泣残红"，黛玉因为小事误会宝玉，赌气置之不理，独自去花冢葬花排遣。宝玉不知黛玉去向，看到满地落花，也收拾了想要葬入花冢，走到山坡背后，却听见黛玉边哭泣边吟诵《葬花吟》。紧接着第二十八回开篇就是这样一段文字：

> "不想宝玉在山坡上听见是黛玉之声，先不过点头感叹；听到'侬今葬花人笑痴，他年葬侬知是谁''一朝春尽红颜老，花落人亡两不知'等句，不觉恸倒山坡之上，怀里兜的落花撒了一地。试想林黛玉的花颜月貌，将来亦到无可寻觅之时，宁不心碎肠断！既黛玉终归无可寻觅之时，推之于他人，如宝钗、香菱、袭人等，亦可到以无可寻觅之时矣。宝钗等终归无可寻觅之时，则自己又安在哉？且自身尚不知何在何往，则斯处、斯园、斯花、斯柳，又不知当属谁姓矣！因此一而二，二而三，反复推求了去，真不知此时此际欲为何等蠢物，杳无所知，逃大造，出尘网，使可解释这段悲伤。正是：花影不离身左右，鸟声只在耳东西。"

我必须把这一整段文本抄录下来，因为它实在太重要了，放入中国文学史中，可与陈子昂的《登幽州台歌》、曹操的《观沧海》并看。

宝玉因听到黛玉吟诵《葬花吟》而恸倒于山坡之上，

可能会使很多人认为宝玉太脆弱，只不过听几句伤感的诗就倒地不起。其实，如果真正读懂了这一段，就会意识到，这是宝玉这位青春期少年第一次与死亡意识的短兵相接，而此时的宝玉已经萌发了对黛玉的爱恋。

宝黛二人并不是从一开始就有恋情的。初见时他们都还处于童年，可谓青梅竹马、两小无猜。第二十三回，大观园第一个春天的仲春二月，宝玉和黛玉在沁芳桥边桃花树下山子石上共读《西厢记》，从此两人心中各自萌发恋情。正因为爱恋，所以黛玉成为宝玉眼里最美好的女儿，其他的闺英闱秀"皆不能稍有及林黛玉者"。

因此，当宝玉亲耳听到黛玉吟诵"侬今葬花人笑痴，他年葬侬知是谁？试看春残花渐落，便是红颜老死时。一朝春尽红颜老，花落人亡两不知！"并从中听出死亡的意味时，内心受冲击之剧烈可想而知。在此之前，这位富贵公子从来没有真切地感受或思考过死亡。黛玉是他眼里最美好的人，也是他心里最宝贵的人，他根本无法想象这样一个人有一天会死去，会消失，会"归于无可寻觅"。这个念头击中了他，让他"心碎肠断"。

但是，宝玉的思考并未停留于黛玉一人，而是迅速超越，飞掠式地进入一个意识升华的过程。如果美好如黛玉都会死，那么，美好如宝钗、香菱、袭人也都会死。这三位女儿分别出自金陵十二正钗、副钗、又副钗，正如警幻仙子所说，正、副、又副共三十六位女儿，她们所代表的是普天之下所有女子命运之过去未来，所以宝钗、香菱、袭人三个名字在这里的出现代表着女子之全数，即所有人都逃不脱相同的生命归向。如果所有人都在这个大命题里，那么，最终这个追问一定会回到自己，也就是回到生命本体，"则自己将安在哉？"如果有一天自己不在了，眼前的大观园，这样的花柳繁华又将归于谁姓？

宝玉由此明白，生死是一张大罗网，没有谁冲得出去。"真不知此时此际欲为何等蠢物，杳无所知，逃大造，出尘网，使可解释这段悲伤。"这是无法回避、无可如何的痛苦。

"何在何往"，就是著名的根本三问：我是谁？我从哪里来？我到哪里去？王羲之说："古人云：'死生亦大矣。'岂不痛哉！"把宝玉击倒在山坡上的，正是这种大痛。

生死观的显现，对宝玉这位少年来说，或许是终生不可磨灭的一刻。这个时刻，也是通灵石的故事所代表的"证空"主题在宝玉成长之路上的印证。

从听到《葬花吟》开始，对生死命题的追问就沉甸甸地装在了宝玉心里。幸运的是，他不是焦虑型人格，他不纠结于死亡，甚至并不恐惧死亡，他真正关注的是如何为此一生，才不至于使一死归于虚无。他希望在死亡到来的时候，已经获得了自认为活着最珍贵的东西，也就是生命存在的意义，那他就可以安然地、了无遗憾地"化灰化烟"而去。

那宝玉有没有找到"最珍贵的东西"？找到了。其实，黛玉的《葬花吟》已先给了他答案，诗中有一个关键词：泪，而且是血泪——"独倚花锄泪暗洒，洒上空枝见血痕"。宝玉读懂并接受了这个命题，还用自己的理解进一步阐释了它：为真情而流的眼泪，是人一生所能获得、所能给予的最宝贵的东西。第三十六回，葬花情节不久后的一个晚上，入睡前，宝玉没头没脑地跟袭人说："我此时若果有造化，该死于此时的，趁你们在，我就死了，再能够你们哭我的眼泪流成大河，把我的尸首漂起来，送到那鸦雀不到的幽僻之处，随风化了，自此再不要托生为人，就是我死的得时了。"

袭人一如既往地觉得这是宝玉的疯话，她当然不可能从中捕捉到宝玉的心灵进程。宝玉在经历了这段时间的思考后，已经将眼泪，或者说真情，放到了与生死并提的位置：我死的那一刻，能得到你们真情的眼泪来葬我，那就是死得其所了！

但是，说完这话的不几日，宝玉成长之路上至关重要的第二个刹那就来了，他发现，自己竟然说错了！

## 超越自我

那晚之后的一日，宝玉一时兴起想听昆曲，慕名到梨香院去找唱小旦的龄官。龄官正懒散地倒在枕上，见了宝玉竟纹丝不动，宝玉"素习与别的女孩子顽惯了的，只当龄官也同别人一样，因进前来身旁坐下，又赔笑央她起来唱'袅晴丝'一套"。不想龄官马上抬身起来躲避，还正色回绝了他。

作为荣国府的"凤凰"，宝玉从未经历过如此被人厌弃。紧接着他发现原来自己见过这个女孩儿。之前的端午节，这个女孩儿躲在大观园蔷薇架后面，用簪子在地上把"蔷"字写了几千遍。当时宝玉就在想，这个女孩儿一定有说不出口的大心事，才会煎熬成这样。

果然，很快谜底揭开，管理戏班的贾氏子弟贾蔷出现了。作为旁观者，宝玉全程目睹了龄官如何对贾蔷百般刁难、耍小性，贾蔷又如何赔小心、赔笑脸。最后，龄官哭说自己咳出了血，贾蔷急得立刻要去请大夫，刚抬腿却被龄官叫住："这会子大毒日头地下，你赌气子去请了来我也不瞧。"龄官一下子在所有人面前变得透明，她所有的矫情、尖刻，都掩盖不住她真实的感情：在意与心疼。

这一个刹那，对宝玉来讲有两重意义：第一，他作为局外人，在龄官和贾蔷身上看懂了黛玉和自己的故事；第二，他见证了龄官为贾蔷所流的眼泪，突然明白，原来自己不是宇宙中心，只是别人世界里的"他者"，原来不是所有女孩子的眼泪都是为他而流的。

宝玉自出生开始，周围的世界就一直围绕他而存在，他也许并不真的认为"一切都是我的"，但也确实从来没有尝试去想过，有什么不是他的，包括女孩子们最珍贵的眼泪。可是，龄官完全颠覆了他的想法。龄官的心里眼里只有一个"蔷"字，她的眼泪是流给贾蔷的。

经历了这个刹那的宝玉如梦初醒。他以为自己死去的时候，能得所有女孩子的眼泪来葬他，此刻他才解悟："我竟不能全得了。从此后，只是各人各得眼泪罢了。"所谓一生之情，一生之泪，每个人的生命中都有他该得的那份眼泪，也都有他该给的那份。除此之外，都不是他的。宝玉"自此深悟人生情缘各有分定，只是每每暗伤'不知将来葬我洒泪者为谁？'"这是宝玉"证情"的瞬间，遥遥呼应着第一回绛珠仙子"还泪"这一条脉络。

从第二十八回之"证空"到第三十六回之"证情"，两条故事主线交汇于宝玉。"生死"与"真情"两个主题并于一处，终于成为一个人生大命题，也就是宝玉此刻所牵系的唯一问题——"不知将来葬我洒泪者为谁"。

《红楼梦》全书的主旨，可以归结为两个开辟鸿蒙以来的天问：

我是谁，何在何往？！

你是谁，洒泪葬我？！

《红楼梦》要找的，就是这两个问题的答案。


## 以情悟道

1987版电视剧《红楼梦》在为角色选演员的时候，前任中国红楼梦学会会长张庆善老师说过：贾宝玉的演员太难找了！

为什么不是黛玉的演员最难找，而是宝玉呢？

他说：

第一，贾宝玉是个男孩子；

第二，贾宝玉是个有点儿脂粉气的男孩子；

第三，贾宝玉是个有点儿脂粉气，但不让人讨厌的男孩子。

这三点，能帮我们较好地把握贾宝玉的人物气质。

贾宝玉是以男孩气质为主的。关于这一点，可以看看"红楼"影视史，凡是起用女演员扮演宝玉的，基本都不太被大众认可，这其实已经很能说明问题了。为什么宝玉会带有脂粉气？最直接的原因是他的成长环境，因为祖母疼爱，宝玉自幼跟几位姊妹一处娇养。那么，有脂粉气却不讨厌，该是怎样一种气质呢？

其实，曹雪芹写到宝玉的性情气质时，很慎重地回避了"脂粉气"这个词，而谓之"女儿气"。这一评价出自尤三姐的冷眼："行事、言谈、吃喝，原有些女儿气……只是不大合外人的式。"那么"女儿气"是一种什么样的气质？近代学者王国维这样评价李后主："生于深宫之中，长于妇人之手，不失赤子之心。""赤子"就是刚刚降生的婴儿，带着自然天性的真纯，未被功利世情污染的气质。

《红楼梦》里的"女儿"这个意象跟"赤子"有相近的

意义，一样是清洁、美好、天然的人格，而且比赤子更多了几分灵动。"清净女儿"作为一种象征性的人格理想，其所指范围并不一定局限于女性，而是偏重于指征一种人格、性情、气质。曹雪芹创造性地使用了"女儿"一词，又在此基础上衍生出"女儿气"，其所指是一种干净、清新、易感、稍兼稚气的少年气质。作者照着自己对人性、对人格的最高理想来塑造宝玉，甚至有意赋予宝玉一点"女儿气"，使他借此"离浊"而"近清"，从而有别于须眉浊物。

中国文学作品里传统的男性形象，要么是不近女色的正人君子，比如《三国演义》里的关羽；要么是纯粹的酒色之徒，比如《金瓶梅》里的西门庆。对比之下，贾宝玉完全是一个"新人"，他的形象所包含的人文含量是过去所有中国小说中从来没出现过的。这也是为什么后来的读者对宝玉误会不断。

浅看《红楼梦》，很容易得出一个结论——贾宝玉不务正业、锦衣玉食、无忧无虑，是个富贵闲人。但是仔细耙梳文本，也许你会发现，宝玉是整个贾府里活得最不容易的人。这话该怎么理解呢？

第一，贾宝玉是荣国府里受伤害最多的人，没有之一。这里指的伤害，是实际的肉体伤害。

第二，贾宝玉是全书里遭受非议最多的人，没有之一。所以，他也是《红楼梦》里最孤独的人。

第二十五回，宝玉同父异母的弟弟贾环出于嫉妒和怨恨，装作不小心把蜡灯推倒，将滚烫的灯油泼在宝玉脸上。紧接着，贾环的母亲赵姨娘又串通马道婆，暗算宝玉性命。赵姨娘的算盘是：只要宝玉死了，"明日这家私不怕不是我环儿的"。

这种伤害，源自嫡庶之争。贾府里各种利益，矛盾重重，焦点都集中在宝玉身上。宝玉本是个置身事外的人，但因为他的身份，必然会被裹挟到矛盾争端之中，并注定成为靶心。

如果伤害只来自对立面，还不是最大的悲剧，最大的伤害和隔膜其实来自至亲，比如，他的父亲贾政。

第三十三回，一向与贾家关系疏远的忠顺王府派长史官找上门来，向宝玉逼问蒋玉菡的下落。蒋玉菡是忠顺王府戏班里的旦角，近日突然失踪了，他们听到消息说，宝玉和他"相与甚厚"，因此上门索要。宝玉竟然为一个唱戏的得罪王府，这甚至有可能为整个家族的处境埋下祸患。贾政又惊又怒，儿子身上带有某种危险的东西，是他理解不了也遏制不了的。同时他恐惧地意识到，再不管教，这个儿子将来怕是要闹到弑君杀父！所以他的第一反应就是"打"，命令手下人将宝玉"堵起嘴来，着实打死！"

这次冲突是父子之间伦理矛盾的爆发。血缘是亲近的，但精神是隔膜的。隔开父子两代人的是价值观，代表未来的启蒙新人的价值观日渐外显，已经足以冒犯代表旧日秩序的父辈，冲突已然不可回避。

但是，宝玉被打之后改了吗？并没有。当与他最亲近的黛玉哭得两眼跟桃儿一样，劝他说"你从此可都改了吧"，宝玉怎么答？"就便为这些人死了，也是情愿的！"

这句话说得何其自然，又何其有分量！不但有分量，如果搞清了这句话里暗含的两个问题，我们就能清晰地理解贾宝玉的价值观。

第一，"这些人"是谁？正是秦钟、柳湘莲、蒋玉菡这样的人。

第二，为什么为他们死了也情愿？这几个人不是门第清寒，就是身在社会底层，他们和贾宝玉的地位差别之大，简直可以构成一张反映社会阶层的垂直分布图。但是，站在"人"的角度，他们都是"情痴情种"，在这一点上，宝玉认为他们和自己没有差别。他们跨过了阶层的鸿沟，视彼此为精神同类。所以宝玉在挨了毒打之后还能斩钉截铁地说：为他们死了也甘愿！

可以说，宝玉不仅超越了性别，也超越了血统和阶层的束缚。

再来看看宝玉受到的非议和他的孤独。

贾府上下，只要提起宝玉，基本上逃不出这几个字：痴、呆、疯、傻。在贾府男仆、贾琏的心腹小厮兴儿的口中，宝玉"成天家疯疯颠颠的，说的话人也不懂，干的事人也不知"。他貌似是贾府的宠儿，实际上却是环境里的异类，是一个完全孤独的人。

　　比如，第三十五回，在宝玉被暴打卧床后，大观园里出现了两位陌生人，她们是通判傅试家的两个婆子，被派来给宝玉问安。陌生之人自有陌生之眼，读者正是借她们的眼睛，看到了一位"真宝玉"。两个婆子目睹宝玉明明自己被热汤烫了手，却只管问递汤给他的丫鬟玉钏儿："烫了那里了？疼不疼？"她们据此判断宝玉"呆气""外像好里头糊涂，中看不中吃"。她们还汇总转述了贾府上下人等对宝玉的诸多议论："时常没人在跟前，就自哭自笑的；看见燕子，就和燕子说话；河里看见了鱼，就和鱼说话；见了星星月亮，不是长吁短叹，就是咕咕哝哝的。"

　　她们眼中口中的这位少年呆气、可笑，但正是从这段话中，我们看到了贾宝玉的真性情、真精神。

　　从作者曹雪芹的创作意图来看，这段描写对宝玉似抑实扬，似贬实褒。他特意于此时让两个"极无知识"的婆子出场，正是借她们的眼睛，让读者完全客观地反观到一个真宝玉。十三岁的少年，即便强说愁，又何其正常。把心事讲给自然鱼鸟草木听，不过是今天的你我在青春期都可能会做的事。两个婆子完全不知情感、精神为何物，所以会发出讥诮。她们所代表的，正是人性中的愚顽，是人之不知何以为人的悲哀。她们对宝玉的讥诮越自信、越无所顾忌，读者所能够感受到的宝玉的孤独也就越深切。

　　而作者通过宝玉、黛玉所寄托的理想正是：人在长大的同时，不要被社会性绑架得太严重，要留一份心性，跟鱼鸟、花朵、月亮、星星保持对话，不要剪断跟自然相通的那条精神脐带。

## 对个体生命的悲悯

两个刹那，两次超越，让宝玉怀着人性的温暖对待周围一切美好，甚至弱小的人和事。

这就要说到容易被一般人忽略的"宝玉葬花"。是的，葬花的不只有林黛玉，宝玉也葬过花。他的花冢里埋了两枝花，一枝夫妻蕙，一枝并蒂菱。不过，夫妻蕙和并蒂菱不是为黛玉和自己埋的，而是为香菱和平儿。香菱和平儿的身份都是侍妾，说起来她们有家庭，但其实根本没有婚姻，更没有爱情。

第六十三回，在红香圃畔，宝玉"用树枝儿抠了一个坑，先抓些落花来铺垫了"，把夫妻蕙与并蒂菱安放好，"又将些落花来掩了，方撮土掩埋平服"，如此珍惜，如此郑重。宝玉所修花冢、所埋下的夫妻蕙和并蒂菱，是替香菱和平儿埋下一份不可能实现的祝愿。这就像是一支激昂的交响乐里，忽然出现了一个非常柔弱的调子，演绎出一曲对弱小和美好的挽歌。这曲挽歌不单是为她俩，也是为金陵十二副钗、又副钗的女儿们，为所有跟她们一样，没有被生活善待的女儿们。

完成了性别、阶层和个体生命的超越，宝玉的成长之路竟然具有了相当程度的现代性，带着浓厚的人性悲悯，也承载了整部小说的主旨。

清洁、善意、易感、深情，以平等之心对待他人的生命，宝玉是一个超前于时代的、不为众人所理解的人文主义者；一个始终不舍深情，寻找生命答案的人；一个对生命、对一切美好事物怀有大悲悯的人。

这个形象不但在小说里立得住，更成为《红楼梦》为世界文学贡献的一种经典形象。比《红楼梦》晚一个世纪左右，俄罗斯的文学作品里也出现了一种新的文学形象，文学史上称他们为"多余的人"，比如普希金笔下的叶甫盖尼·奥涅金、莱蒙托夫笔下的毕巧林。他们和贾宝玉的形象有一些共同点，贵族出身、有高等的教养、心怀人文主义理想。

对贾宝玉这个异类的误解，从他的时代一直延续到今天，但其实他的形象从其诞生就汇入了十八、十九世纪人文主义精神高涨的世界潮流之中。

## 03

# 钗黛之间
## ——谁是风流公案的女主角

　　说起《红楼梦》的女主角，你脑子里是不是同时跳出来两个名字：林黛玉和薛宝钗？她们在"红楼"故事里，一个是"可叹停机德"，一个是"堪怜咏絮才"，并居"金陵十二钗正册"榜首。看容貌，黛玉袅娜婉转、风流飘逸，宝钗姿容丰美、鲜艳妩媚；看性情，黛玉孤高自许、目无下尘，宝钗行为豁达、随分从时。无论是形象审美还是人格审美，黛玉和宝钗都刚好呈现出二元互补的美。

　　正是因为钗黛之间这种动人而微妙的"美的相持"，"木石姻缘"和"金玉姻缘"这对矛盾成为《红楼梦》中最牵系人心的所在。究竟宝玉的情感归向谁边，最终婚姻又归属于谁？从《红楼梦》诞生起，两百多年来，读者一刻不曾放下过这份闲心，每个人或有心或无意，心里仿若总有一个或钗或黛的立场。更有甚者，竟为此而起纷争龃龉。

　　清朝末年的文人邹弢在《三借庐笔谈》中记录了自己和另一位文人许伯谦的一段趣事。两人本来是很好的朋友，只因一者钟情黛玉，一者钟情宝钗，结果"一言不合，几挥老拳"，最后两人发誓再也不跟对方谈论《红楼梦》了，方才作罢。

如果宝玉只是流连于佳人姿容、在不同的佳丽风韵之间含混暧昧，那便不是探讨"儿女之真情"的《红楼梦》，反而堕入才子佳人的风月故事，是"鸳鸯蝴蝶派"了。那种胡牵乱扯，忽离忽遇，满纸潘安子建、西子文君的故事，正是曹雪芹大不以为然的言情俗套，因其"并不曾将儿女真情发泄一二"。

曹雪芹意欲凭《红楼梦》一书"令世人换新眼目"，而他也真的为中国文学史贡献了从未有过的、得日月天地之精华的"红楼"女儿们，林黛玉和薛宝钗便是其中的佼佼者。

## 出乎其外而观之

如果从故事里跳出来，站到作者身后，从创作的角度来观察黛玉和宝钗，也许你会有"换新眼目"的发现。

黛玉和宝钗魅力相半、平分秋色，不正是作者精心筹措以期收获的艺术效果吗？他是如此成功，多少读者在潇湘妃子和蘅芜君之间被牵惹着权衡思量，又代入着自己的青春情怀。

我们先来观察一下黛玉的形象塑造。

在此荡开一笔，先说说钱锺书先生，他的好友李慎之曾这样评价钱先生：

第一，是个聪明人；

第二，是个刻薄人；

第三，是个干净人。

我觉得可以将这三点借用在与钱锺书先生同具读书人气质的林黛玉身上，由此建立起一个有效的观察方式。

第一，聪明人。

第二回，林黛玉的名字第一次在书中出现，作者以"聪明清秀"四个字来白描其气质。早年刚读《红楼梦》时，我于此处大不过瘾，大凡才子佳人的故事，哪一位小姐不是沉鱼落雁、倾国倾城？怎么对神仙一样的林妹妹，作者却轻描淡写地用了"聪明清秀"四个字？多年以后我才明白，原来这是《红楼梦》人格评价体系中的顶级人设，而且这个人设是林黛玉与贾宝玉共享的，并且作者只把这个人设给了他们。

第二回，作者"假语村言"——借贾雨村之口——郑重说出了一篇"正邪两赋"之论，可谓"红楼人性论"。人的性情都是得天地之间的正邪二气所赋，其中"正气"即是清明灵秀之气。"清明灵秀"可以说是《红楼梦》在哲学层面的建构。

作者用"聪明灵慧"来形容贾宝玉。这个词出自《红楼梦》中具有至高哲学地位的警幻仙子之口，而她又转述自贾家的两位始祖——宁国公和荣国公的在天之灵对嫡孙宝玉的评价。足见这是一个相当郑重、不容以儿戏视之的评价。

再看黛玉的"聪明清秀"，就会明白，作者并不是轻易将这四个字赋予林黛玉的。聪明、灵秀、清洁作为人格特质，是从天地灵气、日月精华一脉而来，在作者的哲学设定里，这是他心目中最高的人格理想。作者将这些理想赋予"红楼"女儿，其中最典型、最直接、最正面的就是林黛玉。为了更好地匹配这个人设，作者还特意为黛玉配置了无与伦比的诗才，使之成为诗性的形象、诗性的理想。

第二，刻薄人。

根据"正邪两赋"的观点，每个人身上都有正有邪，兼具聪明灵秀和乖僻邪谬。具体到黛玉身上，聪明清秀、人格清净是"正"的一面，而她的小性儿、刻薄，正是乖僻邪谬的一面。她的刻薄话又灵动又俏皮又扎人，贾府上下挨过她扎的人可真不少。连宝玉的奶妈李嬷嬷都被扎疼了，说："真真这林姐儿，说出一句话来，比刀子还尖。"宝钗也被她的夹枪带棒搞得没奈何，只得在她腮上拧了一把，说："真真这个颦丫头的一张嘴，叫人恨又不是，喜欢又不是。"

第三，干净人。

黛玉虽然嘴上不饶人，却从来不会在背后搬弄是非。所谓"不自污，不污人"。她的人格是清洁的，完全与世俗的沾染和圆滑无干。

那么，薛宝钗的"正邪两赋"又体现在哪里呢？

宝钗是《红楼梦》里最复杂的形象，有着最复杂的人格。她容貌丰美、品格端方、藏愚守拙、随分从时；她颜值高、情商高，才情也高，又为人宽和，涵养深厚。林黛玉伶牙俐齿，屡屡出言不逊冒犯她，她每每一笑置之，并不计较。这样的宝姐姐几近完美，连作者也认为只有艳压群芳的牡丹可为其比。

不过，宝钗把自己管理得太过谨慎，将个性和情感包裹得太严密，又有心机深重之嫌，这一点常常为人所诟病。作者对她的情感也十分复杂，不像对黛玉那样一望而知地钟爱。

作者用了明笔和暗笔两种方式来塑造宝钗的复杂性。比如，作者一面明笔写她态度上"总远着宝玉"，一面又借晴雯的怨语透露她实际的行为——"有事没事跑了来坐着，叫我们三更半夜不得睡觉！"那么，宝钗对宝玉究竟是"远着"还是"近着"，就大可寻味了。

又比如，在大观园第二年的春天，在探春改革的一片紧锣密鼓之中，忽然间出现一处闲笔，不动声色地透露了一个惊人的消息：宝钗的心腹丫鬟莺儿认了一位干娘——怡红院的老叶妈，也就是宝玉的心腹小厮茗烟的娘。这个消息大可玩味：宝钗的心腹丫鬟莺儿，跟宝玉最得力的男仆茗烟结为义兄妹。而宝玉生活与心理上最依赖的大丫鬟袭人早已是宝钗的忠心拥趸。如果恶意推测一下，就会发现：宝玉的左膀右臂——花袭人与叶茗烟，一花一叶都已经被宝钗收服了。而此时宝玉和黛玉所有的，只是彼此的两颗心。相形之下，不禁令人心惊。

### 钗黛的殊途与弥合

作为两个最经典的"红楼"女儿形象，林黛玉跟薛宝钗之间最本质的区别是什么？

在我看来，是她们的生命指向性不同。黛玉最关注的是他者与自己内心的关系，作者把诗作为生命内核给予她，使她成为女儿中的女儿，花朵中的花朵，诗性就是她的心性。她与自然、与风雨花鸟的关系，都是这份内在灵性的外化延伸；而她与宝玉的关系，也同样"为的是我的心！"而宝钗的关注是向外的、指向群体与社会的，她一直关注人群秩序，努力不辍于与他人关系的缔结。

在古代生活中，女红是闺阁女儿的日课。而在《红楼梦》的故事情节中，你会看到一个有趣的现象：黛玉的女红，只做给宝玉；宝钗的针线活，是做给包括宝玉、黛玉在内的所有重要人物的。更有趣的是，黛玉有一个标志性行为：她一跟宝玉赌气，就随手抓起自己为宝玉做的精致女红，比如荷包、扇囊，甚至通灵玉上穿的穗子，拿起剪刀发狠剪断，以此摆出跟宝玉决裂的架势。唯一的结果，是把自己逼到墙角，没一点儿退路。

反观宝钗的日常，却是各种编结。黛玉把通灵玉上的穗子剪了，宝钗马上让贴身丫鬟莺儿用金线再给编上；一年四季，她都不忘让丫鬟莺儿编各种精致花篮，打各种结或络子，送给大观园各位小姐和有头有脸的大丫头们——

比如凤姐儿的膀臂平儿。而像袭人这位怡红院的实际管理者，也和宝钗常年走动不停，互相分担各种针线活计。

黛玉一直在剪断身边的人际关系，宝钗却一直在编结方方面面的关系。

宝钗如此用心于关系的经营，但是在宝玉生日的那一场宴席上，众人抽花签助兴，她恰好抽中了牡丹花签，上面配着一句诗："任是无情也动人。""无情"便是作者给宝钗最重要的人设之一。宝钗对关系的编织，相当一部分是出于功利，而非油然发乎真情。

正因为这个根本差别，在宝玉心目中，钗黛的天平一直是倾斜的。他连梦里都在喊："什么是金玉姻缘，我偏说是木石姻缘！"

也许很多人会想，温厚平和的宝姐姐不是更适合娶回家吗？其实，除了宝黛的两情相悦，宝玉对黛玉还有一种价值观的认同与敬重。而宝玉和宝钗的疏离，实则是价值观的隔膜。

宝玉的人生哲学是亲天然、爱性灵、去功利，但是宝钗和湘云偏偏劝他关心仕途经济，这碰触了宝玉的价值观底线。他愤愤然说："好好的一个清净洁白女儿，也学的钓名沽誉……真真有负天地钟灵毓秀之德。"独有黛玉从来不曾用这样的话劝他，所以宝玉"深敬"黛玉。

至此，"木石""金玉"的情感博弈仿佛已尘埃落定。你可能觉得钗黛两位女主角各自格局已定，无论从角色自身还是两人的关系，都不可能再有很大的发展。但是，好的人物形象是成长发展的，而好的作品就是会有这样的丰富性与厚度，忽然间峰回路转，忽然间波澜迭起。在第四十五回，黛玉对宝钗——她的情敌，至少是假想敌——完全缴械，打开了内心。

起因是宝钗偶然察觉到黛玉在偷看《西厢记》这样的禁书，毕竟是稳重大度的宝姑娘，她没有张扬，而是找了个机会，私下里告诫黛玉。黛玉的反应甚为出人意料，细想却又合情合理：她既没有恼羞成怒，也没有像往常那样嘴上不饶人地反唇相讥，而是深为感动，大大折服。黛玉对宝钗说："你素日待人，固然是极好的，然我最是个多心的人，只当你心里藏奸……往日竟是我错了，实在误到如今。"如此坦荡，如此诚恳，倾心吐胆，目无下尘的林妹妹这一次竟肯让自己低到尘埃里。从此以后，黛玉对宝钗驯良依赖，再不像从前那样刻薄小性了。

后来，她干脆认了宝钗的娘——薛姨妈作干妈，口口声声只叫"妈"，对宝钗则直呼"姐姐"，对宝琴则直呼"妹妹"，亲亲热热俨然一家人，甚至连一顿早饭都要让丫鬟们巴巴地端到蘅芜苑去跟宝钗母女一起吃。

黛玉此处的转变，其实有着扎实的情感逻辑，看似突兀却能服人。简单梳理一下黛玉的经历：六岁丧母，九岁丧父，十岁以前，她已经沿着大运河，在京城和扬州之间往来三趟了。根据清代笔记《北游录》可知，当时行船走大运河，从扬州到京城，单程就需要三个多月。也就是说，十岁的林黛玉，有将近十分之一的生命是漂泊在江河之上、舟船之中的。揣摩她的两次长途行船，第一次是丧母之后，第二次是探父病、牵灵柩归葬。所以她内心一直有挥之不去的飘零感，严重缺失家庭温情，从而用孤傲尖刻掩饰着她的脆弱和对亲情温暖的渴望。这一点，无论是贾母的宠爱还是宝玉的温情，都是取代不了的。宝钗的一番批评劝诫，竟让她意外找到了听母亲教导的感觉，她内心对宝钗的戒备冰释，甚而生出了亲情依恋。黛玉的转变有着深层的人格依托，因而合情合理，毫不牵强。

## 金玉——"证情"主题的辅助线

那么，站在书外的作者，在钗黛之间有倾向吗？

第一回，讲到绛珠仙子下世还泪的故事时，作者借茫茫大士之口说："因此一事，就勾出多少风流冤家来，陪他们去了结此案。"

这个还泪"证情"的故事里，主角有且仅有贾宝玉和林黛玉，就像作者只把理想层面的"聪明与灵秀"给予"双玉"而不可能给别人。除"双玉"外，其他所有人都是"陪他们去了结"这一段风流公案的，甚至宝钗也不得不屈居配角。木石姻缘是感情主线，而金玉姻缘在"证情"的主题中，从设置之初就是一条辅助线。

需要注意的是，《红楼梦》不是贾宝玉、林黛玉、薛宝钗三个人的故事。实际上，从文学创作的角度看，整部小说的女主角是一个复合构成。

首先，作者需要一个无可替代的第一女主角，用她的眼泪来承担"证情"的主题，这就是林黛玉。

其次，他还需要一个女儿群体，青春美好，钟灵毓秀，足以代表天地精华，她们将以自己的青春和美好共同承担"证空"的主题，这就是包括林黛玉、薛宝钗在内的"金陵十二钗"群体。

两者合起来，就是作者创造的二元构成的女主角群体，这个盛大的群体结构本身就像一朵层层花瓣攒合在一起的同心花，最终使全书的二元主题得到更丰富、更诗意的体现。

**04**

# 推理袭人
## ——比主角还重要的配角

了解了小说的主角，现在有必要来了解一下小说里的配角。

大观园里这一众主仆，可圈可点的配角很多，探春、湘云、妙玉的精彩不用多说，就连大观园里的丫鬟们，比如鸳鸯、晴雯、司棋，形象也都十分鲜明。

但此处要重点说的，是宝玉的大丫鬟袭人。作为一个配角，作者在这个人物身上花的笔墨之多，对其形象塑造之立体丰满，实在是太突出了。但在很多"红迷"心中，袭人却一直是个带有负面意味的形象，甚至颇负"告密者"嫌疑。

## 袭人的身份与性情

说袭人，离不开怡红院里另一位著名的丫鬟——晴雯。

如果读过《红楼梦》，你一定知道袭人跟宝玉关系特殊。第五回，宝玉梦游太虚幻境之后，跟袭人初试云雨情。整部《红楼梦》，袭人是作者唯一明确提及跟宝玉发生了性关系的女子。面对她所热心维护的宗法伦理，袭人在心里给自己提供了一个理由：她素知贾母是将自己与了宝玉的，今便如此也不为越礼。但是，第七十八回的一处文本细节值得注意，当贾母得知晴雯被王夫人驱逐出大观园后，亲口说，她一直认为无论模样、爽利、言谈、针线，晴雯都是最好的，"将来只她还可以给宝玉使唤得"。可见，贾母为宝玉物色的侍妾是晴雯，而不是袭人。

老太太这么想，其实完全符合古代大家族"贤妻美妾"的观念与模式。理解了这一点，以此反观袭人，你会发现，她在怡红院的每一天看似扎扎实实，其实却是一路如履薄冰，一直在进行一场人生冒险。

怡红院的仆役们是个非常复杂的群体，宝玉房里十六七位豆蔻年华的姑娘在一处，用三等丫鬟小红的话说，"都是伶牙俐爪的"，谁都想出头拔尖儿。相貌、言谈、针线都比不上晴雯的袭人，怎样才能在怡红院稳固地位呢？

首先当然取决于怡红院的主人——怡红公子贾宝玉。

袭人的人事关系有点特殊，她最早是贾母的丫鬟，老太太因为溺爱孙子，专门派她来伺候宝玉，但每月的月钱仍是老太太这边发。因为这层关系，袭人的地位、收入比怡红院其他所有丫鬟都高一大截。

但袭人完全没有因此得意忘形，反而有一点别人比不了的痴劲儿——自从开始服侍宝玉，心中眼中便只有一个宝玉。落实到行动上，自然是对一应大小之事竭尽全力，对怡红院上下人等隐忍大度。

袭人还有一个厉害之处——怡红院里，只有她的细致、沉稳、耐性和绵里藏针能拿捏住宝玉。因为她对宝玉的性格、心理、好恶了如指掌，所以能审时度势、对症下药。小说里可以看到，她通过察言观色、相机而动、欲擒故纵、以退为进等，往往能在不动声色之间应对和化解宝玉的种种乖僻邪谬。

凡此种种，"行事大方，说话见人和气里头带着刚硬要强"的袭人姑娘，在怡红院的地位越来越稳固。

## 袭人的人生规划

袭人的志向可不仅仅是地位稳固的大丫鬟。

薛宝钗早就从一言半语中窥察出来，袭人是个不一般的丫鬟，"其言语志量深可敬爱"。可对于贾府这样的贵族之家来说，一个大丫鬟的人生出路其实非常有限，大体无非是这么三种：

第一种如彩霞。她是王夫人的左膀右臂，等年龄大了，就按规矩指配给府里的仆人为妻。至于配给什么人，只能听天由命。彩霞最终就是由凤姐儿做主，被强配给了管家旺儿的儿子，一个吃酒赌钱无所不为的无赖。

第二种如平儿。她作为凤姐儿的陪嫁丫头来到贾府，被贾琏收为通房大丫头，也就是比姨奶奶低一级的妾。贾琏之俗、凤姐儿之威，平儿逢迎其间，其委屈辛苦可想而知。

第三种如鸳鸯。她是贾母的大丫鬟，深得贾母信赖和倚重，在贾府所有丫鬟里地位、威信最高，却被昏聩荒淫的贾赦看中，想要收她为偏房。鸳鸯誓死不从，最后发毒誓终身不嫁才侥幸保全。

这三个出路都不在袭人的人生规划里。她既不要像彩霞那样令人绝望的结局，也不要像鸳鸯那样的自我断绝上升之路，更不满足于像平儿那样只做一个通房大丫头。她要体体面面地成为宝玉的正经妾室，日后养儿育女，争荣夸耀。而且，她在一步一个脚印地向这个方向接近。

元妃省亲之后的元宵节，袭人回家看望家人，哥哥跟她商量着要为她赎身，她索性跟家人交了底："权当我死了，再不必起这个赎我的念头！"宝玉因为无聊，去袭人家里看她，平日老成持重的袭人，故意当众流露出几分跟宝玉之间的亲昵，让母亲、哥哥甚至亲友们看到。由这些丝缕痕迹可知，袭人主意已定，而且完全没给自己留退路。

但要真正实现人生规划，光有宝玉的依恋远远不够，唯一正当的途径，是获得权力阶层的认可。

权衡之下，袭人把功夫花在了王夫人身上。

## 袭人的惊魂四十八小时

袭人是如何通过王夫人这一关的呢？

说来既有袭人预先的盘算，也有偶然的机缘突变，这个突变就是宝玉挨打。因为这个突变，袭人简直经历了惊魂七十二小时。事情要从贾政下死手毒打宝玉的第三十三回往前追溯。

五月初五端午节那天傍晚，宝玉冒着大雨跑回怡红院，丫鬟们关了大门，在院子里戏水，没听见宝玉叫门。因为久久没人来开门，宝玉嗔怒，待有人来开门时，不分青红皂白，对着来人就是一脚，不料开门的却是袭人。袭人肋下受伤，到半夜居然吐了血，于是她"不觉将素日想着后来争荣夸耀之心尽皆灰了"。

这话是什么意思？

在过去，身为人妾，地位如何完全取决于是否能生下子女。而年轻女孩儿吐血，按旧时的说法，会变成"废人"，也就是丧失生育能力。这对袭人的人生规划来说，可谓灭顶之灾，于是才有"心灰"一说。

紧接下来的两天，命运一步不饶地逼着她往前走。

第二天一大早，宝玉跟晴雯起了口角，袭人去劝架，却被晴雯抢白说："便是你们鬼鬼祟祟干的那事儿，也瞒不过我去。"袭人和宝玉的隐私被揭破，此时的她没有退路，只能成功，不能失败。而嘴上没遮拦、实际却有口无心的晴雯，从此命运中已埋下了隐忧。

再次日，五月初七，这是格外戏剧化的一天，变故接二连三，各种矛盾升级到白热化。

中午，史湘云来到怡红院，因为劝说宝玉留心仕途经济，被宝玉直接下了逐客令。本来已经忧心忡忡的袭人，看到宝玉对仕途经济如此决绝，更加焦心。

三人言语之间，宝玉说出"林妹妹从来不说这些混账话"。无巧不成书，这话正被刚到窗外的黛玉听去了。紧接着，大约不到五分钟，在怡红院外，宝玉追上了黛玉，终于说出了滚烫的情话："睡里梦里也忘不了你！"可是阴错阳差，黛玉没听见，一番话全落在袭人耳朵里！

不到四十八小时，袭人受伤吐血、隐私泄露、宝玉绝意于仕途，最让袭人忧虑的是，宝玉和黛玉之间的感情仿佛已成定局，一桩一件牵三连四，显然对她都不是利好消息。袭人本来已经稳稳地走在通往目标的路上，可是一时间仿佛所有的路都被封死了。

就在此时，宝玉的危机来了，袭人的转机也随之而来。

两个坏消息，几乎同时到达贾政的耳朵。一是王夫人的大丫头金钏儿跳井，贾环在父亲面前诬陷为宝玉强奸，含辱而死；二是平素跟贾府没有来往的忠顺亲王府竟然派来长史官正式交涉，追查王爷喜欢的小旦琪官的下落，直接关联到了宝玉。

一件事人命关天，另一件事关乎贾家在朝廷的政治处境，贾政心里惊惧恨怒交加，一顿板子几乎不曾把宝玉打死。对于宝玉这次挨打，王夫人心疼之余，内心深受震动，她跟丈夫一样，深刻意识到了儿子面临的危险，此刻，她急需物色一个稳妥的心腹人替她看住儿子。

一个是从各方面都已经没有退路的袭人，一个是迫切需要交托儿子的王夫人，就在宝玉挨打的当晚，两人互相从对方身上看到了希望。

## 袭人的"告密"

综上种种，就有了很多人眼中所谓的"告密"一节——宝玉挨打当晚，王夫人派人到怡红院叫一个跟宝玉的人，袭人"想了一想"，自己去了。

"想了一想"这四个字可真是字字千斤重，包含了袭人两昼夜以来所有的心乱如麻，交代出她已横下一条心。她亲自去见了王夫人，一番大道理说得又恳切，又有见识。她以"二爷也须得老爷教训两顿"开篇，把宝玉一生的名声品行先摆在前面，进而向王夫人发出"宝玉和姑娘们都大了"的预警信息，说得轻重分寸非常得体，但充分释放了危险信号，林姑娘、宝姑娘虽然是两姨姑表姊妹，毕竟男女有分，事关宝玉一生名声品行。接着，她贡献了让宝玉搬出大观园的建议。王夫人被袭人句句说中软肋，完全折服了。

袭人是否属于告密者呢？根据文本并不能确定袭人具体说了谁的坏话，但可以肯定的是，她背叛了大观园。

经此一役，袭人的主人，从贾母变成了王夫人；她的月钱，从一两银子变成了二两银子。

数字不重要，重要的是，这意味着她开始跟赵姨娘、周姨娘这样的正经姨奶奶享受同等待遇。也就是说，她已经半公开地成了宝玉的侍妾。

对于这位以粉身碎骨自剖的投效者，王夫人正式进行了授权并许诺：我就把他交给你了，好歹留心，保全了他，就是保全了我。我自然不辜负你。

短短两昼夜，四十八小时，在小说里占了三回的跨度。情节密度之大，人物心理逻辑、行为逻辑之严密，完全可以独立出一部以袭人为主角的实验小话剧。我相信，它的戏剧张力一定非常强。

袭人背上了告密者的名声，不被很多红迷喜欢。但其实，作者是从人性的高度谅解了袭人的。袭人的判词是："枉自温柔和顺，空云似桂如兰。堪羡优伶有福，谁知公子无缘。"作者没说袭人一句不好。

佛学里有句话："如如不动，了了分明。""如如不动"是指真正看破、证悟诸法的事实真相、真理，心不会随境而动，不会受任何影响。"了了分明"是指能将诸法的事实真理看得一清二楚，洞明于心。作者出于对复杂人性的谅解，跳出了"人我是非"来看待所有人、谅解所有人，这正是《红楼梦》的悲悯所在。

袭人到底是不是一个告密者，还那么重要吗？在作者的眼中笔下，她是一个为改变自己的生命处境而竭尽全力的女孩子。

　　一部小说，能立住一个经典文学形象就很了不起了，《红楼梦》竟然贡献了一系列典型形象。一个大观园里的丫鬟，一个小小的配角，都被赋予了这么密集的情节，这么幽微复杂的人性，真是让人惊叹。

## 05
# 致敬诗史
——诗词歌赋，无体不备

对《红楼梦》稍有了解的人，一定会注意到，在这部章回体小说里，诗词歌赋几乎无所不包。

比如，宝玉的通灵玉上所刻的四字句吉祥祝语"莫失莫忘，仙寿恒昌"，是典型的"诗经体"；赞颂警幻仙子的"仙袂乍飘兮，闻麝兰之馥郁；荷衣欲动兮，听环佩之锵锵"一段，是一篇文辞华美的赋；黛玉的《葬花吟》"花谢花飞花满天，红消香断有谁怜"和《秋窗风雨夕》"秋花惨淡秋草黄，耿耿秋灯秋夜长"是歌行体长诗；姑娘们起诗社，咏海棠和咏菊花，写的都是唐诗里最有代表性的七律；咏柳絮，又写了宋代成熟的词；预言"金陵十二钗"命运、总题叫《红楼梦》的曲子，是一套典型的昆曲南北套曲。

大观园里起诗社，即便同样是作律诗，每次的玩法也都不同。

比如"咏白海棠诗"，完全是同题作文，而且限韵，所有人都写同一个题目《咏白海棠》，还一定要押一样的韵；到"咏菊花诗"就不一样了，不但分了十二个不同的题目，如《菊梦》《菊影》《问菊》等，而且押韵的规则也放松了，不限韵，也就是说，可以由每位诗人自己选择押什么韵。

作者的控制力还在于，同题的诗，他能写出不同人的气质面目，还依据每个人的笔力强弱各有高下之分。比较一下黛玉跟惜春的诗，可以看出二者的差距相当明显。

可以说，《红楼梦》的作者沿着三千年的时间线，差不多把中国文学发展过程中最经典的诗歌、韵文体裁都演练了一遍，看起来像是一次对中国诗歌发展史的致敬。

## 用诗词歌赋推动情节

一部小说夹杂这么多文学样式，作者的用意却不在炫技。事实上，诗词歌赋是中国古代社会生活的一部分，跟前面讲过的服饰、居室一样，它也是作者为了推动情节、塑造人物、预言大势而使用的重要文学手段。

这一点，作者在诗翁林黛玉身上下的功夫尤其深。

曾有一则趣闻。某大学中文系的考卷上，出现了一道填空题：《葬花吟》这首诗的作者是_____。

很多人的第一反应可能都是：林黛玉。的确，很多学生就是这么回答的，然后被扣了分。

为什么不对呢？其实，就连林黛玉本人都是曹雪芹创造出来的，不是吗？无论是林黛玉名下的《葬花吟》《桃花行》《秋窗风雨夕》，还是薛宝钗、史湘云等大观园各位诗人名下的作品，《红楼梦》里所有诗词的知识产权都属于一人：曹雪芹。

大家误会《葬花吟》的作者是林黛玉，是因为这首诗的气质实在太像林黛玉了。

"花谢花飞花满天，红消香断有谁怜？"一出口，风流婉转，完全是潇湘子的口吻辞气。

"一朝春尽红颜老，花落人亡两不知！"那种哀伤与飘零感吐露自然，也跟从小父母双亡、曾经离丧的黛玉十分贴合。

咏白海棠花："偷来梨蕊三分白，借得梅花一缕魂。"就是黛玉冰清玉洁的一口仙气。

到了咏菊花："孤标傲世偕谁隐，一样花开为底迟？"又全是一副直追魏晋的清高风骨。

不光是诗才高超的黛玉写得好，作者的厉害之处在于写谁像谁，分配在每个人名下的诗，都跟人物的气质融为一体。

比如宝钗的咏柳絮词："白玉堂前春解舞，东风卷得均匀……好风频借力，送我上青云！"这种从容自若、含蓄浑厚，但又隐隐透出对名利的向往，确实跟宝姑娘的性格相当契合。

再比如贾母游大观园摆宴，照例要行酒令助兴，来自乡野的刘姥姥说的是"大火烧了毛毛虫""一个萝卜一头蒜""花儿落了结个大倭瓜"。这几句听来甚是讨喜，乡土气息扑面而来。照刘姥姥自己说，这是庄稼人现成本色。

作者用诗性为人物注入灵魂。一旦读者熟悉了主要人物的气质秉性，随便拎一篇诗文来读上几句，不用说穿这是书中哪个人物的作品，也必能猜个八九分。

## 用诗词歌赋强化主题

除了靠诗歌来表现人物的精神世界，推动情节发展，散落在《红楼梦》里的各式诗词歌赋还承担着强化主题的作用。

这就不能不说到有关曹雪芹诗才的一桩公案。有人评论说，《红楼梦》里的一些诗实在是平庸。

他们所举的例子是这一类——

> 可叹停机德，堪怜咏絮才。
>
> 玉带林中挂，金簪雪里埋。

的确，这首诗读起来半生不熟，没什么诗味儿，倒像顺口溜。跟前面那些平仄严谨、对仗工稳的律诗比起来，似乎有失水准。

不过，如果先看看这首诗出现的环境，也许就能从另一个角度来理解。它不是单独出现的，而是在第五回与其他一组诗共十二首一起成批出现的。第五回，宝玉梦游太虚幻境，看到了"金陵十二钗"的判词，也就是她们的命运预言诗。

对于这类诗，我们要换个角度看，它们其实不是文学意义上的诗人之诗，而是所谓的"神谕""天机"。前面说的这首诗就暗含了林黛玉和薛宝钗的命运。

"玉带林中挂"，反过来读，有"林黛玉"三个字的谐音；"金簪雪里埋"，是"薛"的谐音加"宝钗"二字的意思。

所谓"金陵十二钗"判词，就是以上帝视角，对"红楼"女儿们的命运以及贾家运势给出的总预言。

"紫微斗数""奇门遁甲"之类的中国民间术数的文字，或者庵观寺庙中问卜的诗签，其文字大致都半通不通、模棱两可，恰恰是这种卦辞的特点。曹雪芹就是模仿这种风格路数，杜撰了这批判词。要是写得艺术性太高，反倒不像了。他不但"操办"士大夫的风雅诗词功夫了得，学起民间的风俗文化也是惟妙惟肖。

《红楼梦》里很多具有象征意味的内容，都是像这样用诗词歌赋来呈现的，而且草蛇灰线，伏脉千里，读到的时候，一定不要随便跳过去。


## 承担点题作用的悼文

最后，重点说说《芙蓉女儿诔》。这篇承担着全书点题作用的悼文，表面上是宝玉为悼念丫鬟晴雯写的，实际上是作者为所有"红楼"女儿写下的一篇总悼文。它形式考究，辞藻华丽，前半段接近汉赋，后半段连楚辞体都出现了。

这篇诔文点题的核心句子就是："自为红绡帐里，公子情深；始信黄土垄中，女儿命薄！"

"公子情深""女儿命薄"，全书的主旨"证情"和"证空"——也就是证悟深情和证悟空性——又一次如影随形，双双出现。

这篇诔文说破了所有"红楼"女儿的命运收结。作者借此告诉读者，悲剧已经开始，不久之后，家族命运转折，一切美好都将遭受摧残。而宝玉，将是那个含着泪水见证这一切的人。

在一部文学作品里，尝试对多种文体进行实验性写作，这在世界文坛和中国文坛并不少见。但是，一部作品里几乎汇集了一个民族几千年文学史上的所有文体，《红楼梦》简直是世界范围内的罕例。

所以，非中文专业的读者看《红楼梦》会有一个额外的好处，可以把中国古典文学的主要文体类型，放在应用情景里速览一遍，别的书很少有这个福利。

这部小说的诗词歌赋，表面看是一个文学天才的炫技，但深入去看，散落在情节中的诗词完全跟人物打成一片，推动着故事的发展，烘托着不同场景的气氛。诗是活的，人也是活的。

诗词歌赋还是全书隐性文本的重要组成部分，服务于作者精心设计的象征符号系统，更是"证空"和"证情"主题的载体。它们就像奇妙的艺术催化剂，让这部小说魅力倍增。

# 06
## 续者无名
### ——关于后四十回续书

这一节专门讨论一个绕不开的问题——《红楼梦》后四十回的续书。

《红楼梦》可以说是一个断梦、残梦，作者创作的文本到第八十回就戛然而止。作者在前面埋了那么多线索，做了那么多铺垫，终于要收网进入大结局了，居然功亏一篑，真是"长使英雄泪满襟"！

这就是为什么资深"红迷"张爱玲会说，人生有三恨：海棠无香，鲥鱼多刺，《红楼梦》未完。这话出自她的"红楼"专著《红楼梦魇》，书中对《红楼梦》做了很多缜密的论证。"梦魇"就是为噩梦所魇而不得脱，可见她对《红楼梦》痴迷之深。

当然，遗恨"红楼"的并不只有张爱玲，小说问世后的两百多年间，一直有人前仆后继，不断为《红楼梦》写续书。

## 红楼续书

《红楼梦》的续书，林林总总，其类甚多，且源源不绝。诸如《红楼真梦》《红楼复梦》《红楼圆梦》《红楼梦补》,等等,不下几十种。直到今天,仍然不断有人加入续写队伍。

其实,这也从另一方面说明《红楼梦》的魅力太大了,可以说是"引无数英雄竞折腰"。他们都希望用自己的一支笔,补出《红楼梦》的半壁江山。

续书不少,水平如何呢?可以负责任地说,各种奇葩。

比如,有这么一类作者,非要让林黛玉起死回生,跟宝玉结成神仙眷属,否则绝不甘心。

更有甚者,一定要让宝玉同时娶林妹妹和宝姐姐,才觉得称心如意。

还有人完全是"官迷",非逼着贾宝玉金榜题名,最后高官厚禄,飞黄腾达。

再有一类更加不堪的末流文人,把"红楼"故事直接变成"青楼"故事,以此来博人眼球。

当然,今天市场上通行的《红楼梦》,为了保证阅读的完整性,一般都会附上高鹗续的后四十回。但是在此必须澄清一下,今天的学术研究已经基本认定,这后四十回其实并不是高鹗写的。

那是谁写的呢?无名氏,也就是说,不知道是谁。被学术界认为最权威的《红楼梦》版本出自人民文学出版社,在最新的版本中,封面上的续书作者已经标注为"无名氏",而不是以前的"高鹗"了。

高鹗是谁?这后四十回是怎么到高鹗名下的?

高鹗是乾隆年间的一位读书人，中过进士、做过官，重点是，他是一位超级"红迷"，甚至给自己取号为"红楼外史"。

高鹗有个朋友叫程伟元，是一个书商，也是超级"红迷"。这两位"红迷"和张爱玲有一个共同的遗憾——恨《红楼梦》未完。所以，他们花了几十年时间，搜罗市面上流传的各种版本的《红楼梦》续书，最后选出他们最为满意的一种，跟前八十回接续在一块儿，并且对这接起来的一百二十回专门作了一些改写和修补，目的是让前后情节逻辑更一致。

然后，他们用木刻版的方式，印刷发行了这部前八十回加后四十回版本的《红楼梦》。从那时起，一百二十回的印刷本《红楼梦》诞生，《红楼梦》就此传播开来。

在《红楼梦》的传播史上，这可是里程碑式的大事。

在此之前，《红楼梦》一直靠手抄本流传，前八十回手稿，五六十万字，靠人工一个字一个字抄下来，能有多大流通量？几百部、上千部已经很了不起了。但是，当它成为印刷品以后，一下子变得数以万计、数以十万计。这是《红楼梦》从小众传阅进入大众传播的开始。

所以，著名红学家俞平伯先生晚年说："程伟元、高鹗保全红楼，有功。"的确，从保全《红楼梦》故事、完成大众传播的角度，高鹗和程伟元是《红楼梦》的功臣。

确切地说，后四十回的作者是无名氏，高鹗和程伟元担任了责编、总编、出版人和发行人的角色。

## 后四十回值得读吗

再次回到这个绕不过的问题：无名氏续写的后四十回，到底值不值得一读？

张爱玲对后四十回深恶痛绝，说这后半部分是狗尾续貂，附骨之疽。但是，心平气和地说，跟那些奇葩续书比起来，这个版本的后四十回续书已属出类拔萃了。虽然它有种种不足，一直为"红迷"们诟病，但有一点可以肯定，那是作者的能力问题，而不是态度问题。

曹雪芹是一个伟大的存在，是跟李白、苏东坡同一序列的人物，是不世出的文学天才。续书作者当然不是天才，但也还算得上一位不错的作家。

《红楼梦》前八十回铺了这么大一个摊子，说停就停了，这个工程可不是什么人都接得住的。但是，这位默默无闻的无名氏接住了，而且接得还算稳当。他最了不起的一个表现，就是基本上忠实于原著，延续了故事的悲剧性。

这位续书作者一定相当崇拜曹雪芹、崇拜原著，所以他规规矩矩、一招一式地照着原书的思路和风格操办。比如，黛玉之死，延续了木石姻缘的爱情悲剧；宝玉出家，延续了贾宝玉的生命悲剧；贾家事败，延续了贾氏一族的家族悲剧。

虽然一路写下来有点儿笨手笨脚，不那么灵光，但是，这些大关节、大脉络，都基本忠实地保持了原著的精神。

你可能会问，这很难做到吗？

不但难，简直难能可贵！说到底，一位作家，如果没有几分对生命的大破大立的精神，是写不来悲剧的，看看中国传统戏剧舞台上有多少大团圆就知道了。再有，今天好莱坞的商业电影，又有多少敢突破光明结局的？

曹雪芹的过人之处，就是他非但要写出存在的悲剧性，还要从这悲剧性里翻出生命的温暖来。

当然，要实现这个抱负，不单要求作者有极高的精神境界，还要有高超的艺术能力。续书作者在境界和能力这两方面，实在都赶不上曹雪芹，但是，他毕竟非常努力地用悲剧性挑战了中国人的审美舒适区。

所以，可以这么说：第一，后四十回的续书让《红楼梦》成为一部有首有尾的小说，没让这座伟大的"红楼"成为一座"烂尾楼"；第二，续书作者没把这座"大厦"的收尾弄得太走样。诚实地说，续书在思想高度上打了六折，在艺术性上更惨点儿，基本打了四折。但还是那句话，这实在是能力问题，不是态度问题，这位无名氏尽力了。

## 续书到底差在哪儿

《红楼梦》后四十回打折扣最大的地方在于艺术性。

爱"红"入骨的张爱玲对此最有体会。她说自己打小儿读《红楼梦》，一读到第八十一回，只觉得一个个人物都

"语言无味，面目可憎"。的确，从第八十一回往后，读下来的整体感受是，人物一开口说话，疑似犯了尴尬癌；一举手投足，仿佛得了僵直症。

当然，续书里也有很精彩的地方，比如宝玉在白雪里对贾政倒身大拜，然后随一僧一道弃世而去，还是动人心魄的。但是，有些情节确实超出了续书者的能力，他处理不了，比如黛玉之死。

绛珠仙子离世，该是怎样的写法？

想当初，曹雪芹一片爱惜之心，且琢磨多少年，才描摹出黛玉的眉眼，"似蹙非蹙罥烟眉"，脂砚斋朱笔眉批"奇眉妙眉，奇想妙想"；"似喜非喜含情目"，脂砚斋又朱笔侧批"奇目妙目，奇想妙想"。

但是，对于黛玉之死，续书作者是怎么写的呢？黛玉"手已经凉了，连目光也都散了"，只见"两眼一翻……"曹雪芹地下有知，必定含恨九泉。

说来残酷，才华一事，全赖造物之赐，这真是无可奈何的事！

那么，这部由无名氏创作，程伟元、高鹗联手推出的后四十回续书，如果一定要打个综合分，该给多少分呢？

按百分制，实当五十五分。念其苦心，以六十分计，及格。

虽然分数给得不高，但是必须说，在迄今为止所有的《红楼梦》续书里，它是最好的，没有之一。

「肆」

象征符号

# 01

# 情之太虚

## ——"太虚幻境"与"红楼梦"的关系

读完《红楼梦》的文学版块，相信你已经对《红楼梦》的故事主旨及核心人物的气质、性情有了总体把握。但是，这些只是《红楼梦》世界的一部分，还远远谈不上完整。

这部书还有一个庞大的象征体系。从这一节开始，我们进入一个新的单元——《红楼梦》的象征符号。

全书最大的谜题是什么？正是书名《红楼梦》。

《红楼梦》的书名很多，除了《红楼梦》，还有《石头记》《风月宝鉴》《金陵十二钗》《情僧录》，等等。哪个名字最重要呢？

迄今为止，这部书最早的手抄本，也就是通常所谓的清代"甲戌本"里，有一段文字明确说过："《红楼梦》是总其全部之名也。"从后代的传播和流通来看，《红楼梦》也是最得人心的书名。

这一节，我们首先来给书名开一下题，聊聊《红楼梦》究竟是个什么"梦"。

## 《红楼梦》的"梦"来自佛学

中国文化里"梦"这个意象，往前溯源，很容易让人想到周公解梦之梦和庄周梦蝶之梦。但是《红楼梦》的"梦"字，却来自佛学。"梦"是佛学里一个著名的象征"空"的符号。

要理解"梦"跟"空"的关系，要先了解一点儿大乘佛教经典的常识。

在大乘佛教里，最重要的一类经典就是般若系经典。般若，就是智慧的意思，它是梵语的音译。而般若系经典里最重要的佛经，就是宏大的《大般若经》，一共六百卷。它的中文版是唐代的玄奘法师翻译的。玄奘法师，就是《西游记》里的唐僧。

《大般若经》你可能听着耳生，但《心经》《金刚经》你一定不陌生。《金刚经》是《大般若经》里的一卷，《心经》则是对整部《大般若经》精华要义的总结。

《大般若经》的精华要义到底是什么？《心经》中写道："照见五蕴皆空。"一部六百卷的《大般若经》要说的，就是一个"空"字。释迦牟尼以他的圆常大觉告诉世人，宇宙间的一切都不离"成、住、坏、空"这个基本规律，人要以智慧照见空性。

但是，对芸芸众生、凡夫俗子来说，"空"这个概念毕竟太抽象了。所以，释迦牟尼又动用他的无碍智慧，设置了十个比喻，通过十种常见易懂的现象来解释究竟什么是"空"。

这十个比喻分别是：如幻、如焰、如水中月、如虚空、如响、如犍闼婆城、如梦、如影、如镜中像、如化。不论是幻相、梦境、火焰，还是声音、影子等，都是短暂的现象，转瞬即逝。佛陀说，这就是空，世间的一切都跳不出这个规律。

这十个比喻构成一条象征性的符号链，称为"般若十喻"。《红楼梦》的梦，正是这条符号链中的一环，书名已经点明了《红楼梦》的"证空"主题。

## 《红楼梦》里的"般若十喻"

多年前，因为一个偶然的机缘，我开讲了一门课程，课程内容是字梳句栉地精讲南朝梁代僧人慧皎所著的《高僧传》一书，这是中国最早的一部高僧传记，记载了从东汉至南朝梁四百五十多年间数百位高僧大德的行迹。

既然是高僧传记，自然会涉及诸多佛学知识，所以在备课时，我开始阅读一些佛学典籍。

在查阅被称为"第二位释迦"的龙树菩萨的《大智度论》时，关于"般若十喻"一段，对于其中"水中月""镜中像"两喻，我似曾相识。

还记得《红楼梦》十二曲里那支著名的《枉凝眉》

吗？"一个是阆苑仙葩，一个是美玉无瑕……一个是水中月，一个是镜中花。"虽然"般若十喻"里是"镜中像"，而《红楼梦》里是"镜中花"。

"镜中像"这个词从译出到流传，在佛学典籍里有一个演变的过程，从鸠摩罗什所译经，到玄奘法师所译经，再到清代的《大藏经》，它已经演化成"镜中花"。至今仍可以在《大藏经》里找到这个演化的轨迹。

实际上，《红楼梦》有个统领全书的预言体系，从第一回到第八十回，像一条长蛇的脊椎，贯穿了整个故事。每隔一段，预言就会以不同的符号出现一次，用隐喻的方式透露出"归空"的结局。而在这个贯穿首尾的预言体系里，"般若十喻"竟然全数出现。

具体来看，第一回就出现了甄士隐的女儿甄英莲的命运预言。

一日，甄士隐抱着三岁的女儿英莲站在自家门口，茫茫大士从门前经过，看见甄士隐怀中的英莲，念了一首诗：

> 惯养娇生笑你痴，菱花空对雪澌澌。
> 好防佳节元宵后，便是烟消火灭时。

注意最后一句，跟英莲的命运悲剧有关的符号是"火"。英莲五岁的时候，在元宵节观灯看烟火时走失，从此开始了她悲惨的人生。紧接着，甄士隐的家也因一场大火，被烧成了一座"火焰山"，甄士隐从此彻底败落。

甄英莲和甄家的命运符号，就是"般若十喻"里的"如焰"。

再比如贾元春，她的命运预言出现在第二十二回。也是一个元宵节，太监从宫里送出来元春作的灯谜诗，这是娘娘在隔空跟姐妹们玩猜灯谜游戏。

本来是高高兴兴的事，但元春的父亲贾政看了这首诗之后，反倒闷闷不乐。为什么呢？

元春的诗是这么写的：

能使妖魔胆尽摧，身如束帛气如雷。

一声震得人方恐，回首相看已化灰。

你应该猜到了，它的谜底是爆竹。元春写得很形象，一声巨响，仿佛轰轰烈烈，但是瞬间一切化为乌有。贵为娘娘的元春不正是如此吗？贾政猜到谜底，预感到不祥，所以闷闷不乐。

元春的命运，正是"般若十喻"里的"如响"。

再回到《红楼梦》十二曲中著名的《枉凝眉》。在这支预言了贾宝玉、林黛玉爱情悲剧的曲子里，其实不只包含了"镜中像"和"水中月"这两个符号，第一段的终结是"若说没奇缘，今生偏又遇着他；若说有奇缘，如何心事终虚化？"

"般若十喻"里"如虚空""如化"这两个符号，被曹雪芹合并成了"虚化"。

回到第一回，再看整部《红楼梦》的开篇："此开卷第一回也，作者自云：因曾历过一番梦幻之后，故将真事隐去，而借'通灵'之说，撰此《石头记》一书也。"

整部《红楼梦》文本就是用"如梦""如幻"这两个符号拉开大幕的，而"如梦""如幻"也出现在"般若十喻"之中。而且，作者还怕读者不够重视这两个如此重要的隐喻，又特意加了一句话，完全点透："此回中凡用'梦'用'幻'等字，是提醒阅者眼目，亦是此书立意本旨。"

"梦"和"幻"所代表的空，也就是"般若十喻"所代表的"空"，正是作者的立意本旨之一，是《红楼梦》"证空""证情"二元主题里的一个。读到"证空"的层面，《红楼梦》就差不多懂了百分之五十。反过来说，如果读不到这一层，是不可能读懂《红楼梦》的。

至此，"般若十喻"之中，似乎只有"如犍闼婆城"还没出现在《红楼梦》之中。其实不然，"犍闼婆城"这个词本身的含义就是"红楼梦"。

"犍闼婆城"来自梵语gandharva-nagara，犍闼婆就是广为人知的飞天，又名"香音神"或"香阴神"，是上天"天龙八部"神之一。帝释天想要欣赏乐舞时，飞天会身着异香，飞行于天空，手持乐器，凌空舞蹈，所以又被称为"伎乐天"。传说犍闼婆神常在空中变出城市，可眼见却无实体，所以犍闼婆城在梵语中还有虚无缥缈或海市蜃楼之意。

你不觉得《红楼梦》中的太虚幻境就是一座虚无缥缈的海市蜃楼、一座犍闼婆城吗？第一回大荒山前，茫茫大士、渺渺真人所说云山雾海、神仙玄幻之事，即隐指太虚幻境。而至第五回，宝玉梦入太虚幻境，邂逅警幻仙子，警幻仙子说这里坐落在"离恨天之上，灌愁海之中"，正是海天之间的幻境。

犍闼婆城最重要的标志就是香气，所以它又被翻译成"寻香城"。在"红楼"文本中，警幻仙子就是"香培玉琢"，自带香气；太虚幻境中也有一股奇特的"幽香"——群芳髓。作者还把这种幽香赋予了黛玉——绛珠仙子，所以黛玉靠近宝玉时，宝玉"只闻得一股幽香，却是从黛玉袖中发出，闻之令人醉魂酥骨"。作者仿佛是在以这种方式，于无声处给了黛玉一个来自"离恨天、灌愁海"的身份标志。

犍闼婆城的另一个重要标志就是伎乐天。宝玉在太虚幻境观赏了"魔舞歌姬"表演的歌舞伎乐，何其类似伎乐天；而她们所唱的十二支仙曲，其名正是《红楼梦》。如此沿波讨源，《红楼梦》这个书名，正是出自太虚幻境。

在悠久的中国古典诗词传统中，"红楼"是神仙居所，比如唐代诗人李贺的《神仙曲》：

碧峰海面藏灵书，上帝拣作神仙居。

晴时笑语闻空虚，斗乘巨浪骑鲸鱼。

春罗翦宇邀王母，共宴红楼最深处。

鹤羽冲风过海迟，不如却使青龙去。

犹疑王母不相许，垂露娃鬟更传语。


　　红楼是"神仙居"，而"神仙居"在碧峰海面、海天之间。对尘世间的人来说，那里就是海市蜃楼。茫茫大士和渺渺真人在大荒山说笑谈及的"云山雾海、神仙玄幻之事"，正是"离恨天、灌愁海、放春山、遣香洞"这座海市蜃楼——太虚幻境。

　　因此，所谓"红楼梦"，就是"般若十喻"之中"如犍闼婆城"和"如梦"两喻的合而为一。

　　由此可以说，《红楼梦》的预言体系将佛经里的"般若十喻"无一遗漏、结构性地运用于创作构思之中。至此，如果仍持"如有雷同，纯属巧合"之说，恐怕难以服人。

　　贾家的故事，百年之间，从鲜花着锦、烈火烹油，到呼啦啦似大厦倾；"金陵十二钗"从青春美好，到枯萎凋零。在这么庞大的故事里，作者举重若轻，甚至不露痕迹地埋进了"般若十喻"，为"证空"的主题提供了深邃的哲学背景。

　　我经常说，梦破才有《红楼梦》。只有已经从梦里醒来的人，才能写梦。已经出梦的"红楼"作者，远远地站在人生边上，眺望着红尘深处的"红楼"女儿们，想到如梦、如幻、如焰、如响、如镜中花、如水中月，甲戌本有批注："盖作者自云所历不过红楼一梦耳。"

在此还要多说几句。书名"红楼梦"三个字的审美语境，带有梦幻感，却不会令人生出虚无的感觉。因为汉语语境独具的美，其中还含有一丝感慨和悲凉。这甚至已经超出了"般若十喻"的范畴，而是源于中国本土文化基因中所具有的"深情"。"太虚幻境"这个名字恰好揭示了更深层的映照，可与"红楼梦"互补。

太虚幻境的入口，是秦可卿房中的一画一联。画为唐伯虎的《海棠春睡图》，联为秦太虚写的"嫩寒锁梦因春冷，芳气笼人是酒香"。一幅画两边配对联，从视觉意象上看，就是一扇门，通往太虚幻境。所以脂砚斋在此处批注道："已入梦境矣。"即宝玉以此为入口进入了太虚幻境。

为什么这副对联，或者说这扇门，一定要来自秦太虚？这是《红楼梦》命名体系的一部分，"秦"即"情"，以"秦太虚"为门进入的幻境，即是以"情"为太虚幻境定性。太虚幻境实则是作者精神世界的最深处，是一个超脱于红尘功利之外的"真理真情之空间"。深情，是作者为它放入的一枚定海神针。

"开辟鸿濛，谁为情种？！"警幻仙子所推崇的，正是"天分中生成一段痴情"、面向大虚空发出"天问"、面对炎凉变幻仍能深情的"情痴情种"。

依此"太虚幻境"之释义，也许还可以试解"假作真时真亦假，无为有处有还无"。太虚幻境，以"般若十喻"观之，是海市蜃楼之假幻境；以真情观之，是真情之真境界；以空目观之，则为空、为假；以情目观之，则为情、为真。与全书"证空""证情"二元主题相契合。

最后，再以此为依据，对《红楼梦》前后五个书名作一番审视揣测，会发现五个书名大致与书中各个空间相对应：《石头记》以石头城之意应荣国府，《情僧录》应洪荒深处的大荒山，《红楼梦》应太虚幻境，《风月宝鉴》应宁国府，《金陵十二钗》应大观园。这或许正是作者对文本增删五次的基本格局，最终又将《红楼梦》用为总其全部之名。从中亦可见作者创造名相体系过程中的苦心孤诣。

# 02
# 春红香玉
## ——人物命名体系中的匠心

了解《红楼梦》的人，对书里人名的谐音应有所知。比如最简单的，小说开篇就出现了甄士隐和贾雨村这两个名字，作者明确地说，他将"真事隐去""假语村言"，写出了这部《石头记》。

读过脂砚斋批注版《红楼梦》的人大概还知道，贾家的四位小姐，元春、迎春、探春、惜春，名字的第一个字摘出来组合在一起，谐音"原应叹惜"，寄托着作者对"红楼"女儿命运的悲叹。

中国有悠久的语言游戏传统，比如"外甥打灯笼——照旧（舅）"这类谐音歇后语。过于关注这些零散的名字谐音，就会把《红楼梦》的命名体系拉到歇后语的水平。

其实，《红楼梦》里的一套命名体系，是作者苦心孤诣的创造，大多含有深意。

## 从名字看长幼次第

比如，贾家各个辈分的成员，起名字是很有讲究的，重点都在名字的偏旁里。

第一代，创立基业的一辈，名字里都有三点水。宁国公叫贾演，荣国公叫贾源。这不用说就是始祖。

到宝玉父亲贾政这一辈，已经是第三代，名字里都带反文旁。荣国府的贾赦、贾政，还有他们的妹妹——黛玉的母亲贾敏；再有宁国府的贾敷、贾敬。反文旁，代表贾家不光是钟鼎之家，更是书香门第。

到贾宝玉这一辈，男性都排"玉"字，名字里带王字旁，比如贾珠、贾琏、贾珍；女性都排"春"字，比如贾元春、贾迎春。

而最年轻的一辈，也就是第五代，名字里都带草字头，比如贾兰、贾蓉、贾蔷。

《红楼梦》人物众多，关系复杂，但如果理清代际的取名方式，那么随后梳理长幼次第、理解人物关系也就轻松多了。

## 从名字看才艺职责

搞清了命名方式，就能够最直观地了解《红楼梦》的命名系统。接下去你就会发现，在文学层面上，作者更是建造了一个名相的隐喻花园，其间层峦叠嶂、路转峰回。

比如，除了贾家四位千金的名字，她们各自丫鬟的名字也都是经过精心设计的，共同构成了隐喻各位小姐才艺的意象群。元、迎、探、惜四姐妹，每人身边都有十六七个丫鬟婆子服侍，其中各有一个心腹大丫鬟，分别叫抱琴、司棋、侍书和入画。这是一组以琴、棋、书、画为核心的动宾词组，表面上是描述各个丫鬟所司之职，实则是指向四位小姐的才艺修养。

而且，有了这一组符号，大概作者仍感觉意犹未尽，又设置了一个与之相辅相成的补充版本。这也是三个丫鬟的名字，分别叫绣橘、翠墨、彩屏，她们是大丫鬟的副手，地位略次一等。现在看到的是三组两两相配的名字：司棋与绣橘，侍书与翠墨，入画与彩屏。三组名字中，大丫鬟的名字是白描，副手丫鬟的名字是辅助性渲染，互为注脚。这样搭配，既使隐喻意义更为明确，又使这一组文学意象具备了更丰富的审美层次。

探春擅长书法，丫鬟是侍书与翠墨，点明书法；惜春擅长绘画，丫鬟叫入画和彩屏，点明绘画。这都是情节中明确出现过的。迎春擅长棋艺，虽没在情节中特别描写过，但也可以找到确实的文本证据。

第七十九回，迎春婚事议定，从大观园迁出待嫁。宝玉内心牵挂不舍，写了一首诗以表思念，其中两句是："不闻永昼敲棋声，燕泥点点污棋枰。"斯人一去，再难听到棋子敲落棋盘的声音，旧日屋舍不久将荒芜，空寂的房屋，棋盘上落满了梁上落下的燕泥。由此可知，迎春擅长棋艺是无须争论的。迎春的大丫鬟叫司棋没问题，绣橘这个名字，乍听起来似乎跟棋没什么关系。但你可能有所不知，中国最著名的象棋古谱之一就叫作《橘中秘》，橘、局是谐音。作者通过司棋配绣橘这种方式告诉你，迎春无疑是擅长下棋的。

再有，前文在讲探春房间陈设时，提到她收藏了大量法帖，案上摆满各式砚台，笔筒里插的毛笔像树林一样。这些陈设足以说明，探春热爱书法。果然，元春娘娘省亲之夜，众人奉旨作诗后，元春命探春把大家的诗抄录出来。

为什么单单让探春抄而不是别人呢？自然是因为她的书法修养高出众人。

一个有趣的问题是，元春带进宫去的大丫鬟叫抱琴，那另一个丫鬟的名字叫什么呢？书中没有提及。如果你有兴趣给她拟个名字，不妨参照前面几个名字的命名方式来试一下。

如果把《红楼梦》比作一幅精美的云锦，这套丫鬟名字的符号只不过是其中不起眼的小花纹。不要在这里停留，否则你会失去一窥《红楼梦》这座宏伟大厦之唐奥的机会。

## 特别符号：春

跟丫鬟们精致文雅的名字比起来，很多人觉得，四位小姐的名字倒有些俗气。为什么贾家这么高贵又满是书香气的大族，竟然用春、红、香、玉这样的艳字给小姐们起名字？

这一下问出了全书至关重要的大问题。春、红、香、玉是《红楼梦》的一套核心符号，出现于太虚幻境和怡红院的符号体系，以及核心人物的命名之中。

太虚幻境的坐落地名、茶名、酒名、香名，分别是放春山、遣香洞、千红一窟、万艳同悲，警幻仙子的容貌是香培玉琢，等等。再看怡红院内，题匾就是"红香绿玉"，四个字中含有"红、香、玉"三个字。而作为相思故事副线，与黛玉呼应的丫鬟小红，本名林红玉，"红"与"玉"都嵌入名字中。黛玉因自带一缕幽香，被宝玉戏称为"香玉"，而"玉"字更是为宝黛两位核心人物所共有，它所表征的是得日月精华、钟灵毓秀的清明灵秀之人格。

在全书的诗性核心《葬花吟》中，开篇"花谢花飞花满天，红消香断有谁怜？游丝软系飘春榭，落絮轻沾扑绣帘"即是红、香、春一组符号的集中出现，而"质本洁来还洁去"，正是"玉"之清净洁白。

所以春、红、香、玉，不仅用于《红楼梦》人物的命名体系，而且是"红楼"整体隐喻意象的核心符号。"春"在这一组符号中起到了统领作用，为全书意象设置了整体的"三春"——青春氛围。

如果暂时抛开《红楼梦》，进入中国文化的大语境，我们会发现"春"字一般有两层含义，一是自然季节之春，二是青春之春。也就是说，除了自然的春天，它还表征生命的春天，其中包含着盛衰消长的生命观。贾府四姐妹的名字，从元春、迎春，再到探春、惜春，既描述了春天的自然轨迹，也隐喻了"红楼"女儿的生命轨迹和贾家由盛而衰的家族命运。

所以，单是贾府四位千金和她们身边丫鬟的名字，就是一个相当立体的象征结构。每位小姐作为个体形象，是拆开的一股单线，而两位贴身丫鬟的名字，像两根辅线，围绕着小姐这根主线，定义着她的修养。四位小姐青春美丽、多才多艺，这种生命的美好和温度，呼应着"证情"主题，证悟着人间深情。而当她们的名字合在一起，就成了"原应叹息"的美好春天和青春，四个符号拧成一股绳，暗示着人物的总体命运，这是对"证空"主题的呼应。

## 符号虽多，不宜过度解读

不过，正因为作者在文本里埋了种种谜题，客观上也使红学研究一度陷入过度解读的怪圈，比如红学里的"索隐派"。索隐，就是索历史之隐，挖掘小说故事背后的历史"本事"，为故事和人物寻找历史踪迹。

"索隐派"的代表人物是蔡元培先生。蔡先生曾是一位反清志士，加入过同盟会。他把这部小说看成政治寓言，认为书里藏着反清复明的思想。他说大观园里的"金陵十二钗"其实都是男人，影射了一群归顺清朝的明朝文人。总之，各种捕风捉影、牵强附会，有些观点令人目瞪口呆。

胡适先生不同意蔡元培先生的观点，他认为《红楼梦》

不是明朝遗事，而是清代江南织造曹家的家史，是康雍乾三朝的历史记录。结果，他又把《红楼梦》研究带到历史学领域去了，这就是"考证派"。

为什么各位学术大家会持这样的观点呢？原因应该是他们在一定程度上受到了中国传统文学观念的影响，对"小说"有偏见。

追溯"小说"这个词在中国的文化渊源，比较典型的是东汉班固在《汉书·艺文志》中的定义，它将"小说家"视为诸子百家学说的一种："小说家者流，盖出于稗官，街谈巷语、道听途说者之所造也。"意思是，小说家学派应该是出于收集民间传说的小官，其内容是从街谈巷语、道听途说而来。孔子的弟子子夏认为："虽小道，必有可观者焉，致远恐泥，是以君子弗为也。""小说"这种小道末流，格局不大，不足以致远，所以君子不屑为之。

进入近代，西方文学的文体观念被介绍到中国，"novel"这种文学体裁被译为"小说"。这本身就说明小说这类文学作品在那个历史阶段仍处于难登大雅之堂的偏见之下，难以比肩可入庙堂的"言志"之诗文。

因此，我们也就有几分理解，蔡元培先生把《红楼梦》解作政治寓言，而胡适先生则把它解作历史，多半源于这种传统观念——"小说"是不足道的，一定要为它附加上其他的意义和功能。他们都没有把《红楼梦》当作文学作品来对待。

　　一百多年过去，小说早已不再受到旧有观念的歧视。当前《红楼梦》的研究主流，也基本上回到了文学本位。就我个人的研究而言，我对这座令人着迷的隐喻花园的探索，既不属"索隐派"，也不属"考证派"，我的宗旨是"回到文学、尊重文本"，通过文本细读，在作品内部寻找作者创作的内在逻辑，然后遵循逻辑，一步步发现和提取符号，最终还原出完整的符号系统。我希望通过这种方式，一步步接近作者的创作意图，一点点还原作品的真正含义。这就要求研究者有福尔摩斯那样敏锐的嗅觉和严谨的系统思维，杜绝牵强附会的历史八卦和猎奇。

　　在我看来，《红楼梦》采用了一种系统性、结构性的象征手法，既有细节层面上的修辞性象征，比如前文讲到的人物命名上的种种机巧，也有更重要的、宏观层面上的主题性象征。从这个意义上来说，人名的象征意义，其实只是《红楼梦》整个象征系统的冰山一角。接下来两节，我会继续跟你分析，作者是如何在更大范围内运用象征手法，立体地完成对主题的烘托和塑造的。

　　综上，提取出这套以"春"为核心意象，并进一步演绎为"春、红、香、玉、芳、艳"等一系列相关意象的符号体系，对发掘《红楼梦》的精神主旨以及体验其文本魅力都有着重要意义。图4-1对这套符号体系进行了较为全面的提取和归纳，直观地展示出这套符号体系在《红楼梦》文本中的结构性分布，作者运思之宏大和严密更加一目了然。

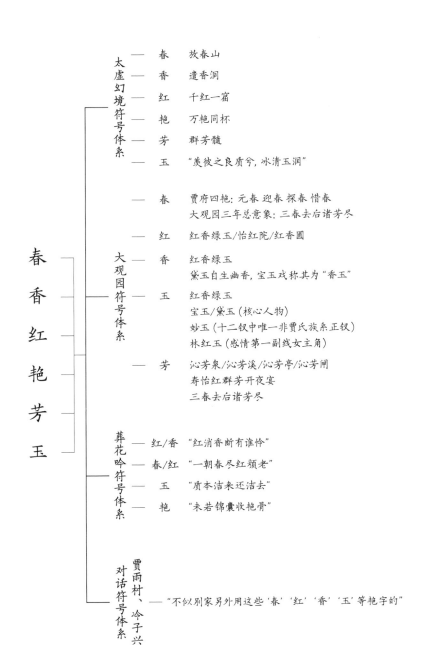

图4-1 《红楼梦》"三春诸芳"符号体系在文本中的结构性分布

## 03

# 蕉棠两植
## ——植物符号点睛核心主旨

这一节，我要带你看看大观园里另一个重要的象征体系：草木植物。

《红楼梦》特别爱写花花草草。有植物学家统计过，大观园里的植物有二百四十余种，但这可不仅仅是为了营造优美的环境。在《红楼梦》里，草木植物是有谱系的，而且和人物紧紧联结对应，具有精神象征的作用。

具体来说，作者为大观园里的重要处所安排的花草植物，暗示着主人的命运，甚至跟"证情"和"证空"两大主题相呼应，直接担负着象征主旨的重任。接下来，我就带你进入大观园最重要的几个私人处所，来分析一下院子里的植物和主人之间的关系。

黛玉的潇湘馆种着竹子，竹子的气质不用说，跟黛玉相当匹配。但你可能没留意到，其实竹子不是潇湘馆唯一的植物，第十七回提到，潇湘馆的后院里还种着两种植物：芭蕉和大株的梨树。

探春的秋爽斋，前院种芭蕉，后院种梧桐。

宝玉的怡红院里有两种植物：东边种着几棵芭蕉，西边是一棵西府海棠。

偌大的大观园，仿佛种来种去都离不开芭蕉。这几处空间的主人，可都是《红楼梦》里的重量级人物。

其实，芭蕉在这几个重要处所频频出现，都是作者刻意安排的，其中大有深意。

## 芭蕉：象征着"空"

在"红楼"词库里，芭蕉是一个来自佛学的符号，含义是"空"。

想象一下芭蕉的样子，高大壮茂，但是如果你一片一片把它剥开，最终会剩下什么？其实，什么也不剩，它的中心是空的。这层寓意，能在很多佛学经典里找到证据。

在龙树菩萨的《大智度论》中，有一篇佛偈是这么写的：

诸法如芭蕉，一切从心生。

若知法无实，是心亦复空。

芭蕉之所以高频出现在这几个处所，是为了喻示"证空"这个主题，每个人物都逃不出"归空"的结局。

作为一位伟大的书写者，作者并没有满足于只给几位主要人物的院子里种上芭蕉，为了让象征符号更为丰富，获得更高的艺术表现力，他同时设置了很多组象征符号，就像织云锦一样，把重重符号编成经线纬线，一重一重地铺出文字锦绣。

比如，上一节说了迎春、探春等几位千金的丫鬟名字，黛玉的丫鬟们名字也不简单。黛玉自幼的贴身丫鬟，唯一一个随她从南方来的，名叫雪雁，这是什么意思呢？

苏东坡有一首富于禅意的诗《和子由渑池怀旧》：

> 人生到处知何似，应似飞鸿踏雪泥。
>
> 泥上偶然留指爪，鸿飞那复计东西。

大雁飞来，偶然停留在厚厚的积雪上，留下了爪印，然后大雁飞走了，积雪融化了，最后剩下了什么呢？了无痕迹，空无一物。成语"雪泥鸿爪"也是同样的含义。

所以，潇湘馆里的符号——芭蕉和雪雁，是同一个意义，都代表"空"。这是全书的"证空"主题在黛玉周围的表现。

描写探春的情节里，也有梦幻成空的暗示，只不过写得非常隐晦。

第三十七回，姐妹们建诗社的时候，探春因为院子里种芭蕉，自己又最喜欢芭蕉，就以"蕉下客"作为诗号。黛玉打趣她说："你们快牵了她去，炖了脯子来吃酒。"

很多人不懂黛玉这话的意思，是因为不知道有一个典故叫"蕉叶覆鹿"。故事出自战国时期的《列子》，据说有一个郑国人猎到一头鹿，怕别人看见，就用芭蕉的叶子把鹿盖上，可是后来他忘了藏鹿的地方，再后来，连他自己都不确定是不是真的猎到过鹿，或许只是做了个梦而已。"蕉叶覆鹿"跟"黄粱一梦"类似，表示不过是一场梦幻，最终成空。

芭蕉作为一个共性的植物符号，频繁出现，呼应了《红楼梦》的"证空"主题。

## 其他植物的象征意义

前面提到的各人院子里的植物中，除了大家共有的芭蕉，各人还有自己的专属，也有各自的象征意义。

咱们再去一趟黛玉的潇湘馆。进入后院，你会看到，芭蕉的旁边种着大株的梨树，开着梨花。

梨花的意义是什么呢?《长恨歌》里这么形容带泪的杨贵妃："玉容寂寞泪阑干，梨花一枝春带雨。"在传统诗歌里，梨花带雨就是眼泪的象征。

在《红楼梦》第一回的神话故事里，绛珠仙子下世为人，就是去还泪的。"黛玉"这个名字，很可能就是"带雨"的谐音。

为了把梨花象征眼泪的推测砸得更瓷实，我索性再给你一个证据。

黛玉的身边，比雪雁地位更重要的丫鬟，是紫鹃。

紫鹃是什么意思？"杜鹃啼血"这个成语你应该知道，辛弃疾的词《贺新郎·别茂嘉十二弟》里说："啼鸟还知如许恨，料不啼清泪长啼血。"所以紫鹃象征的是眼泪，而且是血泪。

梨花和紫鹃都象征着泪。泪的符号是黛玉独有的，是她的情感和生命属性，绛珠仙子就是为还泪"证情"而来到人间的。

至于探春的秋爽斋，后院里为什么种梧桐呢？

你知道所谓"梧桐引凤"的说法吧？梧桐正是在暗示探春未来的身份不凡，很可能作为和番的王妃远嫁。这位"蕉下客"，只是大观园的一位过客，当远在天涯的时候，回首大观园的繁华，她应该觉得恍如梦幻吧！

最后，回到大观园第一处所——怡红院。看看那棵跟芭蕉并立在庭院里的海棠。作者说，这个品种叫"女儿棠"。如此命名，是因为它是女儿国进贡来的品种，或者有女儿的神韵姿态吗？

都不是，真正的奥秘在于"女儿"这两个字。

"女儿"在《红楼梦》里是一个重要的符号，是理想和美好的象征，是得日月精华、保持天地灵气、保留天然属性的人。她们在大观园里得到保护，得以尽其天性。

那贾宝玉是什么人？警幻仙子给他的评价是"天分中生成一段痴情"。他是美好的欣赏者和保护者。所以他有一个号叫"绛洞花主"，他是"女儿"的护卫者，这是他的使命。

宝玉说过一句话："此处蕉棠两植……故有蕉无棠不可，有棠无蕉更不可。"为什么宝玉一定要强调蕉棠两植呢？

隐喻着空性的芭蕉和隐喻着女儿人性之美的海棠一起种在怡红院，在我看来不是巧合，正是"红楼"二元主题的视觉显现。

蕉棠并植的细节，在《红楼梦》里不止这一处。第三十八回，大观园创建了诗社，黛玉忽然来了兴致要喝酒，于是她亲手挑选了一个酒杯——海棠冻石蕉叶杯。又是海棠和芭蕉并在，这组符号是作者最花心思的一个固定组合。

我以为，怡红院里蕉棠两植，是作者种下的《红楼梦》主题树。

## 中国人与植物的关系

潇湘馆、怡红院和秋爽斋里的植物都不是随随便便种的，不但跟人物命运有明显的象征关系，还有对主题的不断加强和呼应。

作者已逝，我的解读也只是推测。不过，这并不是我漫无目的地瞎猜，而是有中国文化这个更大的语汇库作依据。

考古学大家苏秉琦先生曾说，我们这个族群，有着上万年的农耕传统。我接着前辈的话说一句，在这上万年的农耕生活里，中国人和植物之间的关系，在族群生活史里一层层叠加、沉淀，已经远不止"人吃五谷杂粮"这一层物质关系了。

杜甫说"感时花溅泪"，花草可以跟人同悲共喜，植物和人之间还有感情关系，这是第二层关系。而孔夫子说"岁寒而知松柏之后凋"，植物和人还有精神上的连接，这是第三层关系。

在这个源远流长的传统之下，《红楼梦》的作者让大观园里的一草一木替他说出心里话，这是非常中国式的表达。

宝玉说："不但草木，凡天下之物，皆是有情有理的，也和人一样。"其实，这是作者的心里话。要想真正读懂《红楼梦》里的中国式象征体系，不但要敏感于作者布置的一草一木，而且不能局限在《红楼梦》里，要到中国深厚的文化里去找它们的象征意义。

# 04
# 镜花水月
## ——镜像作为写作方法论

《红楼梦》整部书中随处可见一种结构上的镜像关系，它是一个更大空间上的象征系统。

比如，书里提到了风月宝鉴，它是一面神奇的镜子，出现在贾瑞孽恋王熙凤的情节中。这面宝鉴有一个奇特之处，就是正面反面都能照：照反面，可以救命；照正面，就会要命。贾瑞就是因为不听渺渺真人的话，偏要照正面，结果丢了一条小命。

再比如，小说开头出场的人物里，有个甄士隐，就有个贾雨村；京城里有个贾府，金陵就有个甄府。

## 镜花水月式对称

频繁地制造一种真真假假、虚虚实实的二元对称，倒不是作者故弄玄虚。《红楼梦》里无处不在的镜像式对称，既是作者的世界观，又是《红楼梦》的写作方法论。

通常意义上的对称，在人类艺术史上，从源头时期就是一种经典结构，广泛存在于古典建筑、古典诗歌，以及古典音乐等各个艺术领域。

对称的构成，代表着平衡、匀齐、优美的理性。毕竟，连人体都呈现出一种高度完美的对称性。但是，《红楼梦》里的对称却是一个特别的品种：镜像式对称，借用作者的话，可以称为"镜花水月"。

直观地说，镜花水月，就是一种镜像式的、二元对照式的对称。

雍正皇帝写过一部禅宗语录《圆明百问》，其中有一条："水中月、镜中花，较天上月、槛边花，孰真孰幻？"挂在天上的月和倒映在水中的月，照在镜里的花和开在栏杆边的花，哪个是真、哪个是幻呢？——有真有幻，亦真亦幻。

这种亦真亦幻的效果，在小说里是层层实现的。

先从具体的道具来说。

《红楼梦》里，凡是具有强烈象征性的空间，都有镜子的出现。比如秦可卿的卧室里，有武则天的宝镜；贾宝玉的卧室门，本身就是正反两面的落地大穿衣镜。最突出的，当然是前面说的风月宝鉴。

为什么要写风月宝鉴反照能救命，正照却会要命呢？贾瑞照反面，看见的是一副骷髅，代表死亡，这是所有生命都逃不开的结局，它是真相；而他照正面，看见的是美貌的王熙凤，代表转瞬即逝的青春，这是幻相。

作者想用这面镜子警告世人，要见真相，但是真相不在你通常所见的正面，也就是表面，而是在你看不见的反面。在小小一面镜子上，作者集合了生死、真假双重二元性，交叉反复，呈现出世界的纷乱。

除了镜子这种具体的道具，《红楼梦》里最重要的镜像效果，是小说里的六个空间之间形成的三组互相对应的镜像，有正有反，虚虚实实。

## 三组镜像效果

第一组，荣国府和宁国府，一东一西，这是方位的对照。

荣国府代表的是现实性的、正常意义上的百年大族，而宁国府代表非正常的、骄奢淫逸的风月之地。荣宁二府的结构设置，是第一组镜花水月：一正一反。

第二组，大观园和太虚幻境的对照。

大观园是人间的太虚幻境，太虚幻境则是天上的大观园。作者对这两处环境的描写，相似度非常高，这是一组天上人间的镜花水月。

而且，作者在这里故意设置了一组"悖称"，明明是太虚幻境，但作者说它是"幽灵真境界"。

古希腊哲学家柏拉图认为，神所在的空间是真理层，而人的世界只是对神的真理层的折射，所谓现实世界，只是一种幻象。

《红楼梦》也是如此。太虚幻境，别看有个"幻"字，却是作者心目中的"真境界"。如果你真的把这里当作空幻，而把红尘当作真实，那你就是以假为真，以真为假了。作者不是说了吗？"假作真时真亦假。"

在太虚幻境这个"真境界"里，一切人和事都呈现出真相。比如贾宝玉，在世人眼里，他是似傻如狂的呆子，遭人讥讽嘲弄。但是，在太虚幻境里，警幻仙子对他的评价恰恰是"天分高明，性情颖慧"，倍加赞赏，这才是真境界里的真面目。

说完天上，再来看看人间。

我在前面说过，大观园是太虚幻境在人间的镜像，作者把"真境界"移植到人间，让它成为一个保护清净女儿的理想国。这只是我的猜测吗？不是，作者分三步证实了这一点。

第一步，第五回宝玉在梦游太虚幻境时，首先看到的是一座白色的玉石牌坊，上书"太虚幻境"四个大字。到了第十七回，宝玉陪父亲贾政视察大观园工程，当他走到正殿，特别是当他看到一座白色玉石牌坊时，"心中忽有所动……倒像在哪里曾见过的一般……"你肯定已经猜出来了，他在太虚幻境里见过。

第二步，还是这座正殿，还是这座牌坊，元春娘娘回来省亲时，看到牌坊上现出四个大字"天仙宝镜"。作者明明白白地告诉你，大观园是太虚幻境在人间的镜像。

第三步，作者再借元春娘娘的诗一锤定音："天上人间诸景备，芳园应赐大观名。"太虚幻境和大观园，就是这样一组人间天上的镜像对照。

暗藏玄机的"天仙宝镜"这四个字，只出现了一瞬间，就迅速被换成朴实的"省亲别墅"。

谁换的？元春娘娘。为什么要换？表面上看是元春娘娘的低调，其实这正是作者的狡猾之处，他只让神谕一样的真相闪现一刹那就隐没了。灵光乍现之后，只剩下红尘幻象。

第三组空间镜像，就是京城里轰轰烈烈的贾家和遥遥千里之外的江南甄家。

这个甄家，不是甄士隐家，而是一个和宁荣二府一样显贵的金陵大家族，而且跟贾家关系非常深厚。在小说第二回，江南甄家就露出过神龙首尾。到第五十六回，宝玉做梦，梦见自己来到一座跟大观园一模一样的花园，里面生活的人，也都跟大观园里的人一模一样。

所以宝玉诧异道："除了我们大观园，更又有这一个园子？也竟还有这一干人？除了怡红院，也更还有这么一个院落！这个院落里生活着一位少年，也叫宝玉，也在为妹妹生病发愁。"

这一重镜像关系，跟太虚幻境不一样，它不是哲学性理想的映照，而是贾府兴亡命运的映照。

第七十四回，贾府的内部矛盾发展到内讧，与大观园抄家几乎同时，传来了江南甄家被朝廷抄家的消息。而且，跟贾家一模一样，甄家此前也曾经窝里斗，自己家里闹抄家。

江南甄家就像贾家的一个镜像，而且预先给贾家发出了衰败的信号。

这三组镜像，宁荣二府是一正一反，太虚幻境和大观园是一真一幻，江南甄家和京城贾家是一虚一实。三重镜花水月的效果，一层一层叠加上去，让《红楼梦》成了一层套一层的水晶玻璃盒。看完了外层，还有内层；看完了左边，一扭头，右边也是神光离合。

镜花水月，象征着黛玉的命运和宝黛木石姻缘的悲剧，但这一点儿也不耽误它同时成为小说的写作手法。也许正是因为"镜花水月"四个字太有魅力，本身就暗含着二元对照的结构，所以它极大地激发了作者的想象力。

这种独特的艺术手法，其实是一个统领全书的、强大的结构性象征。从二元性来看，它说明作者对世界的观察方法是多维、多元的，而不是固定、单一的。而且，在正反、真假、虚实的对照之中，作者植入了他的最高理想。

多重的二元对照，让《红楼梦》成为一部独特的、具有镜花水月般魅力的小说。一正一反的风月宝鉴，其实只是这个庞大象征系统中的一个小道具。

# 哲学大观

# 01

## 情痴情种
### ——贾宝玉为何不烧"四书"

从这一节开始，我们要进入一个新版块——《红楼梦》里的哲学。

如果一部小说不包括诗性，不包括哲学，它一定谈不上是一部伟大的小说。从另一个角度来说，一位伟大的小说家，也必然是一位卓越的思想家。

《红楼梦》之所以能够成为一部代表中国人心灵史的小说，正是因为这座宏大殿堂的支柱，是中国文化精神的核心——儒、道、释三足鼎立的中国哲学体系。

但哲学是抽象思考，怎么把它完全融入作品里，还要不生硬、不说教，这是对小说家文学功力最重要的考量。

这一节，重点来讲讲《红楼梦》里的儒家思想。

## 贾宝玉的儒家精神

如果说贾宝玉是《红楼梦》里最有儒家精神的人，你会不会感到意外？

在一般人心目中，这部小说里受儒家文化影响最深的人，是贾宝玉的父亲贾政。而贾宝玉根本就是贾政眼里的逆子，贾府众人眼里的"混世魔王"，他怎么可能跟儒家沾边呢？

宝玉最讨厌别人劝他关心仕途经济，宝钗、湘云就因为触碰了这条价值观底线，导致宝玉又气愤又痛惜："好好的一个清净洁白女儿，也学的钓名沽誉，入了国贼禄鬼之流……真真有负天地钟灵毓秀之德！"

听起来宝玉是跟儒家对着干，甚至是势不两立的。但是，这番话后面的一句非常重要，那就是宝玉气恼之下，"因此祸延古人，除四书外，竟将别的书焚了"。宝玉的确一把火烧了书，但他独独没有烧四书。

四书，就是《大学》《中庸》《论语》《孟子》这四部书的合称，它们是儒家的核心经典，是儒家思想的根本所在。

为什么宝玉不烧它们？

答案见于另一处细节。第三回宝黛初见，宝玉即赠其表字"颦颦"："《古今人物通考》上说，西方有石名黛，可代画眉之墨。况这林妹妹眉尖若蹙，用取这两个字，岂不两妙！"探春讥他杜撰，宝玉答："除四书外，杜撰的太多，偏只我是杜撰不成？"由此可知，宝玉不烧四书，是因为他不以其为杜撰，他是信的。

这是理解贾宝玉形象的关键处，也是大多数人对宝玉产生误会的偏离处。宝玉看上去离经叛道，但他离的是假经，叛的是假道，儒学的真精神在他心里是尊贵的，是其价值观基石。

## 真儒与假儒

前面我们讲过作者观察世界的真假正反二元方法论，其实，儒、道、释三种哲学思想，在这部小说里的呈现也各有其真假二元。比如，茫茫大士和渺渺真人是真佛真道，而行走于贾府之中骗钱骗物的静虚师太、马道婆等，不过是假佛假道。

同理，打着儒学旗号却争名逐利、胡作非为的贾雨村，贪婪荒淫、昏聩毒辣的贾赦，还有那些溜须拍马混饭吃的清客相公，在宝玉眼里，不过都是各色假儒，所以他刻薄地管他们叫"禄蠹"，也就是以仕途谋取私利的蛀虫。

那么，宝玉心里，或者说作者心里的真儒是谁呢？是孔夫子。这个形象在贾宝玉和作者心里，有理想与偶像的意义。

第五十八回，十二位唱戏的女孩子中有一个叫藕官，在戏班解散后成为潇湘馆的丫鬟，大观园第二年的春天，她在园中角落偷烧纸钱。她是为了祭奠自己亡故的密友药官，但烧纸钱这种行为在大观园是严厉禁止的，所以一个婆子抓住了她的把柄，要去告发她。

宝玉正巧目睹了事情首尾，出手援救，假称是因自己得了杏花神的梦，专门跟林姑娘借了藕官来此烧纸钱为自己祛病，婆子这才因畏惧而不再追究。救下藕官后，宝玉从芳官处了解到藕官为何、为谁而有此举，特地让芳官私下里叮嘱藕官："以后断不可烧纸钱。这纸钱原是后人异端，不是孔子的遗训。"

这几句话值得仔细分析，注意两个信息：第一，孔子遗训；第二，后人异端。"孔子遗训"是以仁爱为核心的儒家真精神，"异端"则是那些置儒家真精神于不顾，只强调形式主义礼仪的人。很明显，宝玉心里是认同孔子的，这位"混世魔王"并不是孔子的背叛者，他没有烧掉"圣人遗训"。至于那些异端邪说，他既不认可，也坚决拒绝遵循。

就拿藕官烧纸钱这件事来说，要理解宝玉，理解真孔子，就必须去《论语》里找答案。

《论语》里有一条专门谈到了对死者的哀悼："礼，与其奢也，宁俭；丧，与其易也，宁戚。"跟一场礼仪周到的丧礼比起来，凭吊者发自内心的哀伤，才是丧礼真正的意义所在。

再扩展到对整个礼仪形式的看法，《论语》里还有一句——

子曰："礼云礼云，玉帛云乎哉？乐云乐云，钟鼓云乎哉？"

孔子推崇礼乐治国，可究竟什么是礼乐治国的真正含义？孔子抛出了一个反问句：所谓礼啊乐啊，难道只是财货和钟鼓这些形式吗？在隆重的国家大典上，祭神、祭祖，都要奉献财货、演奏音乐，这当然很重要，但它们是最重要的根本所在吗？不是，因为它们只是外在形式，不是精神内核。

那精神内核是什么？孔子给出了回答："人而不仁，如礼何？人而不仁，如乐何？"礼和乐的内核都是一个字——仁。

如果只能用一个字概括儒家思想，那必定是"仁"。仁者爱人，是泛爱众，是发自内心对他人、对众人的善与爱。跟这份真诚正大的信念比起来，那些外化的形式都不重要。所以宝玉希望藕官能明白："愚人原不知，无论神佛死人，必要分出等例，各式各例的。殊不知只一'诚心'二字为主。"那些只循外在等例形式、不知深情为何物的人不过是愚人。而能守住"诚心"二字，才是真正的深情与怀念。

既然"诚心"二字如此核心，它的源头在哪里呢？在四书之中的《大学》。《大学》第一章开宗明义："大学之道，在明明德。"明明德，就是修持己德，以期近于天之德，也就是建立起"天道"与"人道"之间的正逻辑。

怎么做到"明明德"呢？其过程是一个由目的倒推出来的逻辑链条："古之欲明明德于天下者，先治其国；欲治其国者，先齐其家；欲齐其家者，先修其身；欲修其身者，先正其心；欲正其心者，先诚其意；欲诚其意者，先致其知。致知在格物。"所以一路倒推出来，最后一层是格物致知。也就是说，想做到"明明德"，格物致知是基础方法论，也是逻辑起点。在《红楼梦》第二回贾雨村与冷子兴

的一次哲学谈话中，特别强调了有"致知格物之功、悟道
参玄之力"，才能理解宝玉等一干正邪两赋之人。

那么，现在把这一套倒推过程翻过来，建立起正推
逻辑：物格—知至—意诚—心正—身修—家齐—国治—天
下平。

所以，现在一般概括为"修齐治平"的儒家修德逻辑
链，其前两环"诚意""正心"是必然前提。

如果不是真诚地怀念自己的密友，藕官也不会冒险在
大观园里烧纸。在宝玉看来，她"心诚意洁"，有真情，这
是最根本的。即便只供一盅茶、一盏净水或一束鲜花也足够
了，"只在敬不在虚名"。至于烧纸钱那些形式，宝玉认为，
那完全是后人附会出来的，不在孔子精神之内，不必理睬。

很多人觉得，儒家思想只是让人守规矩，维护伦理秩
序。实际上，伦理秩序只是儒家的外在，是手段；爱和深
情才是儒家的内在，是精神。

还是那句话："仁者爱人。"没有一片正心诚意，你拿
什么去爱，拿什么去担当责任？！唯儒者能深情，无情人
是难以理会的。

接下来，我要把宝玉的真儒再往前推一步。


真儒者都是"情圣"

在小说里，警幻仙子用了一个惊世骇俗的词来定义宝

玉的人格——意淫，并且语不惊人死不休，说道："吾所爱汝者，乃天下古今第一淫人也。"

可能很多人都不理解，为什么作者竟会给宝玉这样的评价？而且在小说里，这似乎是一个非常正面的评价。

其实，"意淫"这个词并非时下语境中的意思。"意淫"一词出现在《红楼梦》第五回，警幻仙子与宝玉在太虚幻境的对话中。这场对话在《红楼梦》中的意义，可谓涤砂见金，是其哲学的核心之核心。

警幻仙子道："淫虽一理，意则有别。"虽然都是"淫"字，但意义完全不同。

"如世之好淫者，不过悦容貌，喜歌舞，调笑无厌，云雨无时，恨不能尽天下之美女供我片时之趣兴，此皆皮肤淫滥之蠢物耳。"世俗意义的淫，只有欲望，没有关爱。

"如尔则天分中生成一段痴情，吾辈推之为'意淫'。"这是一种由《红楼梦》作者重新定义的人格，它连通的是古老的儒家精神之深情。

"天分中生成一段痴情"，也就是天赋人格中带有真诚的关爱与深情，这种人格品性的特点，可谓"我欲无情而不能"。能以呵护怜爱之心对"女儿"，平等待之，给予尊重，不仅可爱恋，更可为良友、为知己，方为"意淫"。而在第二回，作者给出过"意淫"之人的另一种描述，这就是借贾雨村之口说出的"情痴情种"，也即太虚幻境的仙子们演奏的《红楼梦》十二支曲子中至关重要的第一句"开辟鸿濛，谁为情种"之情种。

"意淫"与"情痴情种"是对同一人格一体两面的称谓，一出以正，一出以反。这是作者擅长的写作手法。

但是这样的情感观与人性观，在作者所处的那个时代，无疑是超前的、不被理解的。所以警幻仙子说宝玉在世道中"未免迂阔怪诡，百口嘲谤，万目睚眦"。这是所有先行者的处境。

宝玉是道学家眼中的叛逆之人，但在作者看来，他才是一个真儒者，一个对他者、对世界、对人间满怀真诚情感的人。

近代大学者梁启超也曾语出惊人，说真儒者都是"情圣"。这里的"情圣"，意思并不是时下语境讽刺的恋爱高手，这个"情"不是卿卿我我的小情小爱，而是人间大爱；"情圣"，则是"社会的热恋者"，是"苍生的担当者"。

在中国文学史上，杜甫写出了"安得广厦千万间，大庇天下寒士俱欢颜"，范仲淹写出了"先天下之忧而忧，后天下之乐而乐"。照梁启超所说，杜甫和范仲淹这样的儒者才不愧为"情圣"，他们首先爱自己、爱亲人，进而爱他人、爱人类、爱自然万物。

同样，据脂砚斋说，作者对宝玉这位痴情人下过一个三字评语——情不情，这是什么意思？

前一个"情"是动词，意思是宝玉非但对有情之人有情，对无情之物同样有情。在宝玉心里，连星星月亮、草木万物都是有情有理的，要以情相待，何况人！

你可能会奇怪，既然宝玉身上带着儒学的真精神，为什么作者一定要把他写得离经叛道呢？其实，以离经叛道的形式回归孔子的真精神，在明清两代并不稀奇。

前面说过，宝玉把除了四书以外的书都烧了。四书是儒家的原典，是中国人的精神原乡。作者的潜台词是，后人的歪曲之说，该烧；但是四书作为精神原典，不容动摇。

其实，宝玉怪诞的焚书行为，也是有历史原型的。明代哲学家李贽受王阳明心学的影响，创立了"童心说"。他写过一本惊世骇俗的书，因为公开反对程朱理学，索性把书名叫作《焚书》，意思是自己的书不会被社会所容。而宝玉的焚书，干脆就是付诸行动了。

王阳明说过，他创立的"致良知"学说跟孔子的"真精神"之间，通着"千古圣圣相传一点滴骨血"。这句话就像是替贾宝玉和曹雪芹说的。

在我看来，要把贾宝玉放到明清之际的时代思潮里，放在心学这个大背景下，才能理解什么是他的"意淫"，什么是"天分中生成一段痴情"，什么是所谓的"离经叛道"。

02

# 灵根灵源

## ——林黛玉与孙悟空的哲学同源

这一节，我们来探讨《红楼梦》里的《易经》、道家及道教思想。我想从比较《红楼梦》和《西游记》入手。

你可能会奇怪，《红楼梦》和《西游记》，真的可以放到一起来讨论吗？

如果你愿意做一个有趣的阅读实验，把《西游记》第一回和《红楼梦》第一回对比来读，就会看到它们的相似之处。可以说，这两部书在其重要的哲学依据上是有同源性的。就创作者的哲学理想、美学理想而言，宝玉、黛玉，甚至"金陵十二钗"，跟孙悟空之间，都有着精神上的血缘关系；尤其从神话体系来看，两部书中的一整套"自然—神话"语词——青埂峰、通灵石、绛珠草、绛珠仙子和花果山、灵石、灵猴之间，在哲学内涵层面有着高度的相似性。

结论不能凭空下，我们去文本里找依据。

## 周天数与宇宙观

《西游记》第一回的回目是"灵根育孕源流出"，作者这样描述孙悟空这只灵猴的来历："海中有一座名山，唤为花果山……那座山正当顶上有一块仙石……"不错，也是石头！

这块石头长什么样呢？

"其石有三丈六尺五寸高，有二丈四尺围圆。"

此时再对看《红楼梦》中的石头："原来女娲氏炼石补天之时，于大荒山无稽崖炼成高经十二丈，方经二十四丈顽石三万六千五百零一块。"

为什么如此相似呢？

在中国文化中，有一组重要的数字符号，即中国传统天文学中的"周天数"系列。这组数字说明了中国传统的宇宙观，包括十二（月）、二十四（节气）、三百六十五（天）。《西游记》和《红楼梦》的开篇第一回都出现了这组数字，一开始就把叙述置于宇宙时空之中。《西游记》直接点明了周天数的意义："三丈六尺五寸高，按周天三百六十五度；二丈四尺围圆，按政历二十四气。"《红楼梦》却并没点明，"三万六千五百"实则代表"百年"之数，隐喻贾家的百年兴衰史；"零一"则是一个被弃的余数，代表石头，隐喻着贾宝玉。

《西游记》中的灵猴来自天地日月在亘古时空中的孕育，《红楼梦》对存在的困惑与意义的探寻，也被放入茫茫大士、渺渺真人的大时空之中去讨论。

更为核心的是，周天数代表了中国文化的宇宙观，也就是天人观：生命来自天地孕育，人与天地万物相通，为天地之心、五行之秀。"天、地、人"作为中国文化的原命题，在《易经》里就已经确立。

## 人有灵根，心有灵源

从远处说，周天数理的文化源头是《易经》；从近处说，《西游记》和《红楼梦》共同拥有一个更直接的文化上源，那就是宋代著名理学家邵雍的思想和他的《皇极经世书》。运用易理对宇宙起源和自然演化的周期性进行推演的内容，在《皇极经世书》中占了大量篇幅。如果把三部书放在一起，就会清晰地看到，无论从作者的思想资源，还是从作品的呈现方式，《红楼梦》都受到了来自文化上游的深刻影响。

对比孙悟空、通灵石、绛珠草的来历，你会发现其中的共有元素：仙与灵。这是天人合一思想体现在道教思想中的核心符号。

孙悟空的前身是一块仙石，这块仙石在花果山上"每受天真地秀，日精月华，感之既久，遂有灵通之意"，内育仙胞，忽然一日迸裂，化作一个石猴。

看完孙悟空的来历，我们再看看林黛玉，还有贾宝玉那块美玉的来历。

林黛玉的前身是绛珠仙草，那绛珠草是从哪儿来的呢？作者说：在西方灵河岸边三生石畔，有绛珠草一株。这株绛珠草"后来既受天地精华，复得雨露滋养，遂得脱却草胎木质，得换人形"。原来林黛玉和孙悟空，都是得"日月精华、天地灵气"而来的。

贾宝玉的命根子——他脖子上的那块玉，来历是大荒山无稽崖下的一块通灵石，既经锻炼，性灵已通。这跟孙悟空更像是同一个故事原型吧？

再看通灵石的坐落之处：大荒山无稽崖青埂峰。而花果山则是：正是百川会处擎天柱，万劫无移大地根。两者完全是一个叙述原型。有石依山而在，有木傍水而生，石或木得天地精华，赋而成形。

宝玉与黛玉，通灵石与绛珠草，跟孙悟空之间，甚至青埂峰和花果山之间，为什么这么一致？因为这两部小说依据的是同一个哲学观点：人得天地日月精华，人有灵根，心有灵源，和天地万物相通。灵，是人与自然天地万物之间的一根精神脐带。"仙"与"灵"的属性，来自《易经》的天人合一思想，具体转化为明清时代的道家、道教思想和语汇表达，给《红楼梦》贡献了灵根灵源。

说《红楼梦》有来自《易经》、道家，甚至道教的精神血缘，不仅体现在它跟《西游记》的交集，文本里还有更扎实的证据。

第三十一回的回目是"撕扇子作千金一笑，因麒麟伏白首双星"。"晴雯撕扇"非常有戏剧性，在整部书中都很突出。所以一般人读《红楼梦》，很容易被这个情节吸引，忽略了后面"史湘云捡金麒麟"这一段。

但在我看来，晴雯撕扇和湘云捡金麒麟这两个情节是密不可分的，它们合在一起，构成了《红楼梦》里非常重要的一个哲学章回。作者完全是为解决两个重大的哲学问题而特别设置了这两个精彩的情节。

前面讲过，作者通过"晴雯撕扇"推出了"情物观"，接下来我们重点看看，作者通过"史湘云捡金麒麟"推出的另一个更为宏大的哲学命题——宇宙起源论。

史湘云是史侯爷家的小姐，贾母史老太君的侄孙女。因为深得贾母喜爱，她经常到荣国府来走亲戚。这天她又来了，和丫鬟翠缕走在大观园里，正往怡红院去。她们一路赏花观景，一路闲聊。作者趁这个机会，通过这两位少女充满趣味的一问一答，把自己的宇宙起源论和盘托出。

湘云说："天地间都赋阴阳二气所生，或正或邪，或奇或怪，千变万化，都是阴阳顺逆。"翠缕忙问阴阳是什么样儿。湘云说："阴阳可有什么样儿，不过是个气，器物赋了成形。比如天是阳，地就是阴……日是阳，月就是阴。"

这里就触及了中国道家思想的核心观念。

什么是气？中国哲学认为，气是物质存在的基本形态。人与万物都依靠呼吸而生存，于是古人认为，气是生命之源。

什么是阴阳？追本穷源，阴阳观念也要说到《易经》。

《易经·系辞》里说："一阴一阳之谓道。"意思是说，阴和阳是一对相反相成的二元概念，阴尽阳生，阳尽阴生，二者的转换是有规律的，这个规律，中国人称之为"道"。

《易经》奠定了思想基础，庄子追随其后，说："天地者，形之大者也；阴阳者，气之大者也。"庄子说的跟湘云的意思很像，他说阴阳是气，还说阴阳这两种气是宇宙之间生成万物的根本，包括人类也是这样形成的。这就是湘云所说的，阴阳不过是个气，而器物就是阴阳赋了形。

翠缕听了湘云的解说，顿时豁然开朗，笑着说："是了，是了，我今儿可明白了。怪道人都管着日头叫'太阳'呢，算命的管着月亮叫什么'太阴星'，就是这个理了。"湘云和翠缕这一段看似有一搭无一搭的对话，其实是一个非常严肃、非常根本的哲学问答。

小说里以《易经》思想为源头的宇宙观，竟然是从两个娇憨烂漫的女孩子嘴里说出来的，她们论阴阳，从草木昆虫、飞禽走兽，一路说到了男女，一点儿也没有学究气。

既然人也是由阴阳二气赋形而来，生命之中自然就包含了阴阳之气，所以人性也是二元相反相成的复杂构成，表现为有善有恶。这就在宇宙观的基础上构成了"红楼"人性论的基础。

## 儒、道、释熔于一炉

对《红楼梦》的文本越熟悉，就越会感觉到，从哲学思想到文学才华，曹雪芹对庄子的欣赏和认同是全方位的。

庄子的《逍遥游》里写了一位姑射神人："邈姑射之山，有神人居焉。肌肤若冰雪，绰约若处子。"这位美丽的神人不食五谷，那怎么活呢？"吸风饮露，乘云气，御飞龙，而游乎四海之外。"很仙，是不是？

再看曹雪芹怎么写林黛玉的前身绛珠仙子，别的且不说，单看吃什么、喝什么、怎么玩儿："饥则食蜜青果为膳，渴则饮灌愁海水为汤，游于离恨天外。"这段文字，从形式到意境，都是在向庄子致敬。

《红楼梦》之所以被誉为集中国文化之大成者，原因之一就是它的精神内核中，有着儒家、道家、佛家思想的共同参与。也就是说，中国文化的哲学主体全部参与进了情节发展，构成了一个三元共存的庞大哲学参照系。

《红楼梦》将儒、道、释熔于一炉，在贾宝玉的心路历程中体现得最清晰、最完整。儒家思想帮助他建立了对他人的爱，这是社会观维度；道家思想帮助他连通了内在心灵和外在天地，这是自然观维度；佛家思想帮他释然了生死，这是生死观、存在观维度。

在《红楼梦》里，尤其是第一主角贾宝玉的身上，我们看到的是中国传统价值观体系凝结为他的个人心灵史，儒、道、释一个也不少。

说到这里，我们不妨回溯中国文学的另一个高峰——盛唐时期的诗歌。

盛唐诗歌有三个代表人物，诗仙李白、诗圣杜甫和诗佛王维。诗仙、诗圣、诗佛这三个称号，既是对他们诗学成就的评价，又是对他们生命价值观的定性。而且，李白向道，杜甫向儒，王维向佛，每个人都在儒、道、释这三元里占了一个向度。

唐代出现中国诗歌的高峰，并不是偶然的。这一时期既出现了诗歌成就的高峰，又出现了族群价值观的高峰。有必要说明的是，儒、道、释三足鼎立的价值观格局，其实在盛唐到来之前才刚刚确立不久。一个伟大时代的出现，是需要价值观的准备的。

时下有一种很流行的红学观点：《红楼梦》就是一部佛经，其哲学底蕴完全是佛家的色空思想，作者表达的完全是佛家的悲悯情怀。

这样简单地把《红楼梦》的思想性跟佛学画等号是不够严谨的，而认为《红楼梦》是一部佛经的说法则更不可取。

《红楼梦》是悲悯的，但悲悯不是它的全部。从《红楼梦》中可以找到更为丰富、多元的思想资源，来自儒家、道家的深刻影响注入它的价值观体系之中，使《红楼梦》所蕴蓄的力量更浑厚、更宏大、更立体。

那么，如果套用同一逻辑，说《红楼梦》是一部小说版本的《论语》，行不行呢？当然也不行。同理，《易经》思想、道家思想，甚至道教思想，支撑起了《红楼梦》的自然观和生命观，但你也不能说《红楼梦》是一部小说版本的《易经》或者《南华经》。

优秀的文学作品一定有其独立的生命，它不会局促辕下，仅仅作为某一种思想、哲学、宗教的文学说教版而存在。如果真是那样，它的艺术想象力一定会被限制，艺术感染力一定会萎缩，绝不会如《红楼梦》一样如此丰富、鲜活、动人。

03

# 正邪两赋
## ——《红楼梦》不写完美的人

《红楼梦》里的人物似乎特别容易引起争论，不仅是前面讲过的钗黛之争，很多重要角色，比如晴雯、袭人、妙玉，只要提起来，都有人特别喜欢，有人十分厌恶。

## 每个人都有人性的弱点

《红楼梦》里没有完美的人，"红楼"人物正因为自身的不完美而独具魅力。

比如林黛玉，固然聪明灵秀、人格清洁，但她拈酸使小性儿时也着实让人难以招架。第七回，王夫人的心腹周瑞家的因去薛姨妈住的梨香院向王夫人回事，却被薛姨妈抓了差，让她给各位姑娘捎去用纱堆的宫花十二枝。这本该是闺阁中一件饶有风情的小事，不承想却因为黛玉的猜忌敏感生出了风波。

还记得前文提及的荣国府内宅的格局吗？黛玉进府后，因她和宝玉最得贾母宠爱，所以贾母只让他们二人住在身边解闷儿，而"三春"被安排在王夫人院子后面的小抱厦内居住，凤姐儿住在王夫人院落和贾母院落之间。这天周瑞家的从东北角的梨香院出来，依次由东往西，先经王夫人处、王熙凤处，宫花也就依次送到"三春"和凤姐儿手上。最后到贾母处给黛玉时，匣子里只剩了最后两枝花。黛玉碰也没碰，只撂下一句："我就知道，别人不挑剩下的也不给我。"周瑞家的一路兴兴头头而来，不想在黛玉这儿碰了一鼻子灰。

又如宝姑娘，她艳冠群芳、宽容大度，最后连黛玉都真心敬服。但宝姑娘越长大，有个问题就越突出——一开口就是大道理教育人。只要宝钗开口说话，就让人觉得言语无味，性情寡淡。

她不但越来越无趣，而且越来越无情。第六十六回，尤三姐为柳湘莲自杀，一死以明痴情，柳湘莲追悔无及，以鸳鸯剑挥尽万根烦恼丝，随跛足道士不知向何乡而去。柳湘莲是宝钗哥哥薛蟠的救命恩人，薛姨妈正在替柳湘莲张罗筹备娶亲之事，听闻突变后心甚叹息，薛蟠回到家时眼中尚有泪痕，只有宝钗听了"并不在意"。在她看来，薛姨妈替柳湘莲料理娶亲之事就已经还了柳湘莲之情，所以薛家是没必要再赔上悲喜情分的。"这也是他们前生命定的，走了，依我说，也只好由他罢了。妈妈也不必为他们伤感了。"她更在意的是自家的人情，"倒是自从哥哥打江南回来了一二十日……那同伴的伙计们辛辛苦苦的，回来几个月了……也该请一请，酬谢酬谢才是。别叫人家看着无理似的。"

"倒是"两个字，功利、现实、寡情到令人生出寒意。不用说宝钗的情商是高的，人情常理无不周到，但只有仕途经济、货物买卖、来往礼道这些"正事"，才能在她心里占有位置，而尤三姐心里一生至一死的痴情、柳湘莲弃绝红尘的痛悔，对宝钗而言都是不以为然的"闲情"。

再说说王熙凤。这个人物身上一向贴有贪婪、虚荣、势利的标签。她对待下人手段严酷毒辣；变尽心思挪用贾府的公钱放高利贷，中饱私囊；她还十分狠毒，用阴谋算计尤二姐至死；甚至后来逞强、弄权到肆无忌惮，竟然要打死张华父子二人。

但同时，作者也用了大量笔墨写她超乎男子的精明和才干。而且，有一处不起眼的小细节格外温暖动人，倏忽间让凤姐儿的形象更为丰满。平时看来欺软怕硬、恃强凌弱的凤姐儿，竟然暗中呵护过清贫柔弱的邢岫烟。岫烟是邢夫人的侄女，因为家境清贫，随父母投靠贾府邢夫人处。不幸她的父母和姑母邢夫人都是重利寡情之人，所以这个姑娘在大观园的罗绮丛中，显得寒酸而沉默，几乎没有存在感，可以说是大观园的姑娘群里最为弱势的一员。但这位姑娘颇为不俗，在宝玉的眼里"举止言谈，超然如野鹤闲云"。凤姐儿冷眼掂掇岫烟的心性为人，也发现这个女孩儿竟不像邢夫人及她的父母一样，而是端雅稳重、温厚可疼，因此凤姐儿倒"比别的姊妹多疼她些"。

孟子说，人皆有恻隐之心，王熙凤也有她温暖的一面。

## 《红楼梦》的挑战

我们传统的审美习惯是非黑即白。传统戏剧舞台上，白脸的曹操是坏蛋，红脸的关羽是好人。很多人看电影时也习惯性追问"好人坏人？"然后陪好人流眼泪，对坏人咬牙切齿。

其实这是世界范围内的审美共性。这种截然对立的好人和坏人，脸谱化的非善即恶的形象，对应着文学评论范畴的一个词——扁平人物。

一个满身灵气又平和温顺的林姑娘不是更可人吗？一个雍容大度又有情有义的宝姑娘不是更完美吗？但《红楼梦》偏不对这种审美心理让步。曹雪芹用"有缺点的人"挑战"完美的人"，他既是在挑战中国读者数千年来的审美观，也是在挑战非善即恶、非黑即白的传统人性论。

曹雪芹推倒了简单的、二元对立的善恶分法。更精彩的是，他有破有立，推出了一套自己的理论——正邪两赋，可以称之为"红楼人性论"。

前文在讲钗黛之争时，已经提过"正邪两赋"，它出自第二回贾雨村之口。接下来，我将从哲学的角度，对"正邪两赋"进行较为深入的分析。它实际上是由阴阳、善恶、正邪三组概念，层层推出的关于人性论的一套完整哲学观念。

## 《红楼梦》里的"正邪两赋"

对曹雪芹的人性论观点影响最大的，应该是西汉大儒董仲舒。

董仲舒的人性论以"天人合一"思想为基础，又融合了阴阳思想，从而将人的情性建立于天地的逻辑体系之中，形成了天人哲学体系。也就是说，"天地阴阳"决定了人性的来源和本质。

曹雪芹的"人性论"认知雏形即来自董仲舒，并依此发展出"天地—阴阳—人性"理论，可以说涵盖了现代哲学的宇宙观和人性论。他通过《红楼梦》中的两个人物——史湘云和贾雨村——的言论，把这一套理论表述了出来。

第三十一回是全书很重要的一个哲学回目，史湘云和丫鬟翠缕在大观园中边走边聊，替作者讲出了"天地阴阳"之说：天地间万物"都赋阴阳二气所生"，"阴阳有什么样儿，不过是个气，器物赋了成形"，因此天地、万物，包括人，都来自阴阳赋形。

而第二回借贾雨村之口说出的，是由"天地阴阳"决定的人性部分："天地生人，除大仁大恶两种，余者皆无大异。"也就是说，人分三种，大仁、大恶、余者。

董仲舒的理论，就是将人性分为三品："圣人之性"是善的，"斗筲之性"是恶的，只有"中民之性"可善可恶。

曹雪芹的了不起之处在于，他没有完全陷于董仲舒的理论窠臼，而是从宋代的程朱理学体系中有所吸取，最终别开生面地创造出自己的"正邪二气"之说，推出了"正邪两赋"这种进步的、带有人文主义光彩的人性论——清明灵秀的天地之正气和残忍乖僻的天地之邪气，二气"搏击掀发"后合为一体，"故其气亦必赋人"。气会作为先天禀赋参与到人性和人格之中，因而每个人的生命中都同时有正气和邪气，其人格也都兼有正邪两面，也就是既有人性优点，亦有人性弱点，不完美而又光彩照人。

通过"正邪两赋"的概念，曹雪芹把人性从大善大恶之中解放出来。如果用现代语言来表达，乖僻邪谬基本相当于"独特个性"。"正邪两赋"的基本特点，就是尊重人性的复杂，尊重个性，原谅人性的弱点。

曹雪芹以宇宙生成论为原点，建构了系统性的"红楼"人性论。正因为"正邪两赋"为《红楼梦》提供了坚实的人性论基石，所以书中那些重要人物的一言一行，几乎都有了可以理解的人格动机。

以"金陵十二钗"中的妙玉为例。妙玉是在栊翠庵带发修行的一位女尼。从其表面言行来看，连宝玉都惊叹说："她为人孤僻，不合时宜，万人不入她的眼中。"众人眼中超逸绝尘的林黛玉，因为尝不出她泡茶的水是梅花上的雪，即被她讥刺为"大俗人"。更别提刘姥姥进大观园游玩时，众人在她那里喝茶，因为嫌弃村妇刘姥姥喝过茶的杯子，她竟然吩咐人直接扔掉。就连外号"大菩萨"的李纨也说："可厌妙玉为人，我不理她！"

但如果仔细分析妙玉出家的原因，就能理解这位"红楼"女儿的生命之痛和她的性情来由。妙玉出身官宦之家，自小多病，按当时的习俗买了很多替身替她出家，都不管用，直到她亲自出家入了空门，身体才好了。所以，妙玉出家是迫于健康原因，并不是自愿的。

对这种被动的出家，妙玉本人究竟是什么态度？第六十七回中秋节，在跟黛玉、湘云推敲作诗时，妙玉无意中泄露了心底的秘密。她说，作诗不能一味求奇求怪，那样反倒"失了咱们闺阁的面目"。原来在妙玉心里，闺阁女儿才是她的本来面目，她并没把自己认定为出家人。这就是为什么她带发修行，始终不肯剪去一头青丝。

青春美貌的妙玉，"气质美如兰，才华馥比仙"，她非常自然地有着对红尘的向往，甚至有着青春情思和欲望。所以，宝玉来了，她会把自己平日喝茶专用的那只绿玉斗拿给他用。这个举动有多么不寻常？试想一下，你会把自己平日喝茶喝水的专用杯拿给什么人用？再联想妙玉如何处置刘姥姥用过的那只杯子，"幸而那杯子是我没吃过的，若我使过，我就砸碎了也不能给她"。这位"红楼"女儿的心性情思，昭然于读者。

但是，在当时的社会和时代环境之下，妙玉没有任何返回世俗生活的可能。所以在第五回，太虚幻境的十二支曲子中，属于妙玉的一支曲牌名为"世难容"："可叹这，青灯古殿人将老，辜负了，红粉朱楼春色阑。"现实处境和内心欲望之间的矛盾，让她的内心充满挣扎和痛苦，这就是妙玉乖僻邪谬的来源，她用极端的孤傲对抗着外部世界的不公，也对抗着内心的欲望。

按照传统的善恶观念是没法定义妙玉的，但是"正邪两赋"让这个人物不但成立，而且带有独特的魅力。这就是宝玉所说的："她原不在这些人中算，她原是世人意外之人。"这的确是因为《红楼梦》描写真实的人性，从而给读者带来了审美的意外。

可以说，在《红楼梦》诞生之前，中国的小说里基本只有扁平人物，好就好上天，坏就坏下地；直到有了《红楼梦》，中国的小说里才有了既不纯善也不纯恶，而是"正邪两赋"的真实的人。这样的人物，自然是丰满而立体的。

前文说过："天地生人，除大仁大恶，余者皆无大异。"也就是说，普天之下的人都有共同的、相通的人性基础，没有本质差异。这已经是在人类范围内探讨普遍人性了。

曹雪芹能够理解每个生命的局限性，所以他也能看到每个生命困于自己的局限之中，无奈又痛苦。就像妙玉那样，每个人物的乖僻邪谬都来自她的生命之痛。回到这部书的哲学源泉，在佛家语，这是慈悲；在儒家语，这是仁恕。其实都是一回事。

传统的人性论认为善恶截然对立，人们处在这种认知惰性之中，不质疑善，更不原谅恶。但是，正因为既有对人性的洞见，又有对生命的尊重，《红楼梦》推出了"正邪两赋"的人性论，作者曹雪芹对自己笔下的人物，不作简单粗暴的道德评判，甚至不提供标准，而是用多棱镜照见更完整的人性。

## 04
# 清净女儿
### ——作者对人格理想的寄托

对《红楼梦》稍微有所了解的人，一定知道一句话："女儿是水作的骨肉，男人是泥作的骨肉。"这话出自贾宝玉。

贾宝玉还说过："原来天生人为万物之灵，凡山川日月之精秀，只钟于女儿，须眉男子不过是些渣滓浊沫而已。"甚至脂砚斋在《红楼梦》开篇第一回的评点中说，作者的主旨，是要记下见识行止胜过自己的所有女子，不让她们泯灭。仿佛这是作者纯然要为闺阁女子立传的宣告。

有些人据此判断曹雪芹极度崇拜女性。而他对男性的贬低，也的确让不少男性读者不怎么舒服。

## "女儿"的另一层意思

如果因此把《红楼梦》看作一部女性小说，把曹雪芹定义为一个打算跟男性阵营决裂的女性崇拜者，又解释不通小说里有北静王水溶、秦钟、柳湘莲、蒋玉菡这些为宝玉所欣赏的男子；而女子之中，也有薛蟠之妻夏金桂那样的悍妇，更有云儿那样的风尘人物。

其实，要真正读懂宝玉这些话，需要注意作者用词的精细之处。

和"男人"构成对比的是"女儿",而不是"女人"或者"女子"。红楼"女儿"之论首次出现在全书第二回,分别出自两位奇异小儿之口。这两位名字都叫"宝玉"的异样孩子并没有直接现身说法,而是在冷子兴和贾雨村的闲谈中转述出来的。

"女儿是水作的骨肉,男人是泥作的骨肉。我见了女儿,我便清爽,见了男子,便觉浊臭逼人。"这几句话出自京城中荣国府的贾宝玉,由冷子兴述出。"这女儿两个字,极尊贵、极清净的,比那阿弥陀佛、元始天尊的这两个宝号还更尊荣无对的呢!"这是江南甄家的甄宝玉所说,由贾雨村述出。

两位奇异小儿不仅名字一样,连说话口角声气都酷似一人,而其"女儿"之论更是如出一辙。其实,这正是作者以他擅长的镜花水月手法,借人物之口,遥相呼应地推出自己心中的"女儿"理论。

什么是"女儿"?通常指的是尚未出嫁的、闺阁中的女孩子,所以她们并不是女性的全体。

宝玉说:"女孩儿未出嫁,是颗无价之宝珠;出了嫁,不知怎么就变出许多的不好的毛病来,虽是颗珠子,却没有光彩宝色,是颗死珠了;再老了,更变的不是珠子,竟是鱼眼睛了。"

在《红楼梦》里,女儿一派天然,风流灵秀;结了婚的婆子，只知功利计较，昏聩糊涂，就像是两个物种。但如果你轻易下结论，说作者偏爱未婚的年轻姑娘，歧视已婚和年长的女性，就又落了俗套。

宝玉真正区分的，其实并不是有没有出嫁，更不是有没有变老。在宝玉眼里，女儿之所以是人上人，是因为她们代表着天地间的精华灵秀，代表着没有被世俗功利污染的天真和天然。

在曹雪芹眼里，女儿是理想人格的化身。而其他所有人都是女儿的对立面，代表世俗和污浊。这种对比，也存在于功能化的空间安排上。女儿们聚集的大观园，是一个理想国，大观园之外的世界，则是作为对照的世俗污浊的现实社会，包围着大观园。

前面讲过，在《红楼梦》里，"女儿"这个词不是一个现实性的表达性别的名词，它不完全等同于女性，而是一个象征性的符号。与其说曹雪芹崇拜女儿，不如说曹雪芹崇拜"女儿性"，也就是推崇女儿所代表的一种理想化的人格属性，它的本质是人性的美和善。

所以，在小说里，曹雪芹真正讨论的，根本不是男性跟女性的高下之分。

## 女儿性与自然性

曹雪芹以"女儿"这个群体定义的"理想人格"，是自然灵性和清净人格的统一。

什么是自然灵性？前面讲过，中国文化的原命题就是"天、地、人"，人在天地间，得天地灵气，与万物相通。所以，看到贾宝玉一而再、再而三地说女儿得山川日月的精华，钟灵毓秀，就知道"女儿性"在《红楼梦》里，高于普遍人性而更接近"天性"，也就是天然性灵。

那什么是清净人格呢？在"红楼"语系里，清净就是"未染"，也就是还没有受到社会性、功利性的沾染。所以太虚幻境这个哲学性的"真境界"，被作者称为未经污染的"清净女儿之境"。

曹雪芹把女儿性和天然性连接起来，创造了"女儿"这个富于诗意的象征意象。这个符号里其实包含了一个哲学命题——在自然性和社会性之间，人究竟归于哪里？

社会性是人的重要属性，但在明清的时代环境中，过于严密的社会性已经构成了对自然人性的桎梏，所以曹雪芹走向了它的反面。再加上前面讲过的真儒家精神，如此种种，形成了《红楼梦》独特的价值选择，跟当时的正统价值观正面冲撞。

所以，《红楼梦》这部书貌似女性至上，其实是理想至上。"女儿"的象征意义远大于性别意义。

## 女儿与草木花朵的隐喻

既然"女儿"是一个象征符号，那么，跟它关联的"男人"只是不那么走运地成为意义相对的另一个符号，象征着污浊、功利，代表作者的人格批判。这只是曹雪芹使用的一种艺术手段，如果有男性读者因为介意而错过这部小说，实在是很大的遗憾。

小说家不是哲学家，不能只摆出抽象的理念，真正高明的作者会把理念融进人物和情节里去。曹雪芹是怎么做的呢？

对于我们这样一个传统的农耕族群而言，最灵动的想象就是把美好的形象和赖以生存的植物联结为一体，所以，作者的入手点是把女儿比喻为花朵。但这可不是通常意义上的比喻，而是一整套象征符号。作者精心布局，让自己关于理想人格的哲学理念落地。

这个落地的重点，首推林黛玉。

作者从黛玉的前世前身就开始布局了。绛珠草是一株生长在灵河岸边的仙草，修成了一位仙子。这位绛珠仙子下世为林黛玉，自然和女儿连通起来。而且，仙草生长在灵河岸边，得天地精华雨露滋养，正对应女儿的灵性源出于自然。

所以，曹雪芹让黛玉姓林，黛玉也称自己是"草木之人"。黛玉惜花、葬花，用诗写菊花、梅花、桃花，也是在写自己的命运。

女儿性和自然性相通的命题，女儿与草木花朵的隐喻，在《红楼梦》第一女主角黛玉身上体现得最集中、最典型。不管你喜不喜欢林黛玉的性格，作者自己最钟爱的"红楼"女儿就是这位"草木之人"。他把她看成女儿中的女儿，花朵中的花朵。

当然，女儿跟自然的对应关系，不光是林姑娘这一个个案，作者还把它延伸至"红楼"女儿整个群体。

前文说过贾家四位小姐名字里"春"字的寓意，它来自一组象征符号——春、红、香、玉，这其实是一个完整的女儿——花朵的象征体系，作者在对太虚幻境的描写中，完整展示了这组符号的含义。

太虚幻境坐落在哪里？放春山遣香洞。

宝玉在那儿喝的什么茶？千红一窟。"窟"谐音"哭"，为众女儿的命运而哭泣。

那里的酒叫什么名字？万艳同杯。"杯"谐音"悲"，所有"红楼"女儿最终都不免悲伤的命运。

她们闻的香叫什么名字？群芳髓。群芳，点明了这香是全体女儿的精髓。

千红、万艳、群芳，都是在说万紫千红的花朵，在春天开放。哲学性和象征性在太虚幻境交汇，这里正是《红楼梦》的哲学话语和象征符号的策源地。

太虚幻境正殿的名字叫"空灵殿"，来自道家思想、代表自然之清明灵秀的"灵"字，跟来自佛家思想的"空"字，同时被置于这个哲学天地的最高位置。

《红楼梦》抑男扬女，并不是一般人所误会的男女之争，更大程度上是对人性的高扬，是对超越了性别界限的理想人格的探讨。为了实现这个哲学设定，作者把女儿和草木花朵联结，把女儿性和自然灵性联结，"红楼"女儿是天地的灵气、自然的女儿。

## 05

# 风流与风月
## ——"红楼"男性群像与成书时代

《红楼梦》第二回，古董商冷子兴对贾府有一个整体评价：这个钟鸣鼎食、翰墨诗书的家族，"儿孙竟一代不如一代了"。他指的当然是贾府的男人们。

这话是没错，但为了获得更为客观的认识，我们不妨增加一个观察的角度。接下来，我会把贾家每一代主要人物梳理一遍，看看他们的行事人品是否与冷子兴的论断相符，同时也对小说中的男性角色有一个整体把握。

## 贾家的四代男人

贾家第一代，宁国公贾演、荣国公贾源，都是打江山的开国元勋。当年功劳榜上最高的八位，都被封为"公爵"，并称为"八公"，贾演和贾源兄弟俩在其中占了两席。这样的创基立业者，毫无疑问是堪比雄狮的一代。

第二代，也就是贾母的丈夫贾代善这一代，也仍然不改家门风范，出过兵、放过马，也是真刀真枪，死人堆里逃出过命来的。

老管家婆赖嬷嬷回忆当年，提到贾珍的爷爷时说："东府里你珍哥儿的爷爷，那才是火上浇油的性子，说声恼了，什么儿子，竟是审贼！"收拾儿子都是这阵仗，起码贾家第二代还是气势强悍，不失为猛虎的一代。

到了第三代，就发生了微妙的变化。从名字就可以看出来，这一代的名字里都有反文旁，不再强调勇力，而是突出书香传家，可惜真正读书的人凤毛麟角。

荣国府的第三代，大老爷贾赦一副王孙贵胄的派头，关于读书，他的观点是："想来咱们这样人家，原不比那起寒酸，定要'雪窗萤火'，一日蟾宫折桂，方得扬眉吐气。咱们的子弟都原该读些书，不过比别人略明白些，可以做得官时就跑不了一个官的。何必多费了工夫，反弄出书呆子气象来。"在他看来，读书不过是贵胄子弟的风雅点缀而已。

贾赦为人还有两好：好货、好色，而且为达目的不择手段。为了谋取平民石呆子的古董扇子，他不惜伤天害理，让贾雨村将石呆子下狱，"讹他拖欠了官银，拿他到衙门里去，说所欠官银，变卖家产赔补，把这扇子抄了来，作了官价送了来。那石呆子如今不知是死是活。"为了一己小小嗜欲，不惜害人身家性命而毫不愧疚。

他本来已经妻妾成群，当年黛玉初进贾府去拜见他，"一时进入正室，早有许多盛妆丽服之姬妾、丫鬟迎着"，但他犹觉不足，竟然看上了自己母亲的心腹大丫鬟鸳鸯，还让自己的妻子邢夫人亲自出马去说媒，终于因此彻底失欢于贾母，母子关系几乎冰冻。

至于宁国府第三代贾敬，又是另外一种路数。他沉迷于炼丹，一心要成仙，常年在道观里跟道士们混在一块儿，曹雪芹用了一个词来形容他——胡羼，意思就是瞎混，最终因为吞食丹药而死。

很多人觉得，贾家第三代中，只有宝玉的父亲贾政还比较靠谱。要不是有他在，贾家第三代几乎连门面都撑不起来。贾政确实是踏踏实实做官，中规中矩做人，但他完全谈不上个人趣味和个性魅力，给人的印象就是刻板乏味。不过，书中对贾政还有另一种笔墨交代，这个强扭着宝玉要追求仕途经济的老爹，其实有另一面真性情。

作者在第七十八回说："近日贾政年迈，名利大灰，然起初天性也是个诗酒放诞之人，因在子侄辈中，少不得规以正路。"贾政是为了在子侄辈中做表率，为了家族利益而改变了自己的趣味、志业，甚至人生走向，也刻意掩盖了自己的本来性情。因此贾政成为贾家第三代中唯一正经的一位。

到了宝玉这第四代，就完全任由一己个性，不再遮遮掩掩。唯一知道上进的，是宝玉的哥哥贾珠，十四岁就进学，考中秀才，不到二十岁就娶妻生子，可惜一病死了。

其余的第四代子弟，荣国府这边，贾赦的儿子贾琏和妻子王熙凤一起总管荣国府家务，虽然他常常被凤姐儿抢风头，但也还算干练。除了好色，贾琏算是个很生活化的富贵公子，偶尔还显露出几分正直。比如前文提到贾雨村为了讨好贾赦，不惜制造冤狱，谋夺石呆子家业性命，贾琏对这种行径大不以为然，说："为这点子小事，弄得人坑家败业，也不算什么能为！"

宝玉还有一个同父异母的弟弟贾环，性情猥琐，心术不正，因为嫉妒宝玉，几次暗中加害。他的诗作也带有一股属于自己的特异性情，贾政看了不悦道："可见是弟兄了。发言吐气总属邪派，将来都是不由规矩准绳，一起下流品性……哥哥是公然以温飞卿自居，如今兄弟又自为曹唐再世了。"宝玉和贾环就算性情风采再天差地别，在父辈的眼里，也携带着同一股代际气质。

但宁国府的第四代就更不堪些，前文讲到空间维度时说过，作者本来就是把宁国府设置为风月之地，文学风格近于批判现实主义。贾珍前有跟秦可卿的乱伦，后有跟尤二姐、尤三姐的丑行，荒淫败坏。连老仆人焦大都痛心不已，说："我要往祠堂里哭太爷去。那里承望到如今生下这些畜生来！"

再推得远一点儿，贾府远房玉字辈的子弟贾瑞，因为对王熙凤有不伦之想，被凤姐儿毒设相思局，葬送了性命。

所以一般人很容易赞同冷子兴的看法，笼统地认为贾府好像真的一代不如一代。贾家的败落，就是因为没有教育好子弟，导致他们骄奢放纵。

## 不一样的第四代

　　贾家的几代人的确有明显的代际差异。你会在一代代贾氏子弟身上看到，雄性激素基本呈现出递减的态势。从第三代开始，贾氏子弟就不再那么豪横，也没那么有血性了。但这真的是一代不如一代吗？作者未必同意这个观点，他着力塑造的贾家第四代、"红楼"第一人贾宝玉，是一个刻意削弱了雄性特征和社会欲望的人。宝玉这一代，价值观、气质风貌都跟前代不同，审美标准也随之改变。

　　宝玉最讨厌见的男人是谁？是那个表面相貌魁伟、言语不俗，而骨子里功利、贪酷、虚伪的贾雨村。贾雨村寒窗苦读，抱负非凡，但他的人生只有一个指向——飞黄腾达，为此他可以不择手段、谄媚拍马、混淆是非，甚至伤天害理、草菅人命。

　　第三十二回，一向尊重呵护女儿的宝玉却跟史湘云翻脸，下了逐客令，就是因为湘云劝他去应酬贾雨村："你就不愿读书去考举人进士的，也该常常的会会这些为官做宰的人们，谈谈讲讲些仕途经济的学问，也好将来应酬世务，日后也有个朋友。"宝玉立刻反驳："姑娘请别的姊妹屋里坐坐，我这里仔细污了你知经济学问的。"抗拒功利性，回避社会性，有意张扬自我个性，这是宝玉的特点，也几乎是他同龄人的共同特点。

宝玉也有乐于结交的一帮男子，他们又是谁呢？比如与他同样属于情痴情种，而比他有勇力、有担当的柳湘莲，仗剑江湖，斗得了拦路的强盗，收拾得了呆霸王薛蟠。柳湘莲风流倜傥，会唱戏，爱客串风流小生。有一次他在戏台上串戏，尤三姐一见倾心，在心里一放就是五年，立誓非此人不嫁，足见其风采。

再如出身底层、隶属王府的戏子蒋玉菡，虽然名闻天下，但是地位微贱。他向往尊严和自由，虽然王府势力逼人，可他竟然有勇气秘密地积攒钱财，在郊外偷偷购置田庄房舍，设法悄悄从王府逃脱。

还有出身清寒，但跟宝玉一样藐视世俗的秦钟。这些人如果用一个词来概括，就是作者从第一回就定义了的"风流人物"。

## 重新定义"风流"

"风流"这个词在《红楼梦》里频繁出现，是一个美学角度的褒义词。作者只将它给予自己心目中的一流人物。

神瑛侍者、绛珠仙子等怀有儿女真情的人，被茫茫大士称为"风流人物"；绛珠还泪的故事，被赞为一段"风流公案"；苏州最是红尘中一二等"富贵风流"之地；大观园省亲，则是"风流盛事"。

柳湘莲、秦钟等人，包括贾家第五代贾蔷，无不入

"风流"之列。凡是作者和宝玉欣赏赞叹的美，无论是人还是事，几乎悉皆冠以"风流"二字。

当然，这个词自然更会用来形容得天地日月精华的女儿们。黛玉"风流婉转"，"却有一段自然风流态度"，宝钗"妩媚风流"，晴雯"风流灵巧"，尤三姐"风流标致"，湘云也自许"是真名士自风流"。

那么，"风流"的含义究竟是什么呢？它是跳脱出世俗、功利的范畴，对性情人格和行为风度给出的一种审美性评价。它是一种自主和自由的生命姿态之美，又是一种超越世俗、特立独行的风度之美。

关于"风流"之美，我们可以一直追寻到魏晋时期，那是一个以"风流"为最高审美风范的时代，嵇康是当时的代表人物之一。《世说新语》记载，嵇康"身长七尺八寸，风姿特秀""岩岩若孤松之独立""巍峨若玉山之将崩"，有一种风姿挺秀、明朗照人而又动人心魄的美。

对照一下《红楼梦》里的北静王水溶，作为宝玉最推崇的男子，他"才貌双全，风流潇洒，每不以官俗国体所缚"，是不是跟宝玉代际相似，而且很像魏晋一品的风流人物？

如果把观察视角拉开，你会看到，从贾家打天下的第一代，到宝玉这第四代风流人物，每一代都有其共有的特性，其实呈现出来的就是一种社会发展的代际差别。

该怎样理解冷子兴说的贾家"一代不如一代"呢？

在贾家所处的时代，立国已经有七八十年，社会发展历程已经走过了几个单元，经济进一步发展，环境进一步宽松，最为后发的文化开始繁荣，而且越来越多元、包容。作为个体的人在社会生态中获得更宽容的处境，所以，宝玉、柳湘莲这第四代人，就有可能朝各种人生向度成长发展，甚至开始出现各种奇才、怪杰、逸士、狂者。其实沿着历史的发展规律想一想即可知，他们必然是自我意志得以自由伸张的人。所以，你会见到宝玉这样的富贵闲人，柳湘莲这样的天涯剑客，秦钟这样清高自许的逸士，蒋玉菡这样的天下名伶。

你真觉得这是一代不如一代吗？从出生入死、创基立业的角度，是的；但从社会发展的角度，人的多样态正是社会进步、文化繁荣的反映，而且，它也是历史发展的规律必然。

# 06
## 情、灵、空
### ——作者以儒、道、释立言

《红楼梦》第一回里有一首定场诗：

> 满纸荒唐言，一把辛酸泪。
> 都云作者痴，谁解其中味。

按说一部小说把故事说好、人物写好，就已经可以引人入胜了，但《红楼梦》作者用大量象征和隐喻，给读者设置了重重谜题。连作者自己都说是"满纸荒唐言"，担心读者不能理解其中真味。

那他为什么还要这么做呢？

## 为什么要写"荒唐言"

你也许听过一种解释，清代文字狱太厉害，曹雪芹只能把真正的主旨埋得很深。

也有人说，曹雪芹是要通过一部"大旨言情"的小说，来对抗"存天理，灭人欲"的宋明理学，可是怕不为世俗所容，不得不曲折隐晦。

在我看来，仅从规避文字狱和对抗宋明理学来看《红楼梦》，实在是小看了作者的野心。作者搭建出一个这么宏大的哲学架构，是想用尽全力，通过小说来求证一个命题：生命的存在，究竟意义和价值何在？

在这里，有必要为朱熹正名。其实曹雪芹不但没有站在他的对立面，反而跟他有心意相通之处。

你可能觉得，朱熹主张"存天理，灭人欲"，跟《红楼梦》的内涵简直差了十万八千里。前半句"存天理"倒不难接受，但是跟"灭人欲"三个字放在一起，就有点儿惨绝人寰的味道了。主张灭绝人性的朱熹，怎么可能跟"情痴情种"曹雪芹心意相通呢？

这样认识朱熹，真可谓一桩千古奇冤！关于什么是该存的天理，什么是该灭的人欲，应该先听听朱熹自己怎么说："饮食者，天理也；要求美味，人欲也。"（《朱子语类》）这句话说得很明白，天理和人欲之间，差别只在于"度"。

在中国的哲学里，从奠基起就有天人合一的观念。合理的、正常的人欲属于天理范畴。不合天理的人欲，是过度的非分之欲，比如贪欲、嗜欲等。所以，关于"灭人欲"，朱熹的本意是节制欲望，跟我们今天反省奢靡浪费、反对暴殄天物差不多。

但无论如何，误会发生了，"存天理，灭人欲"这六个字成为朱熹给自己挖的一个巨坑。尤其是进入现代社会后，今人对他隔膜尤深，讨伐声不绝。与《牡丹亭》的作者汤显祖相比，曹雪芹倒是比较能心平气和地对待朱熹和他的"理"。

朱熹说："盖人心之灵莫不有知，而天下之物莫不有理。"这句话曹雪芹应该听着很顺耳，但他又觉得这句话没完全说到位，所以挥洒大笔，改成了："凡天下之物，皆是有情有理的……得了知己，便极有灵验的。"

这是第七十七回宝玉对袭人说的话，也是《红楼梦》里非常重要的一个哲学观点，只可惜被袭人当作痴话，一般读者也基本都忽略了。

## 思想太丰富，竟成"荒唐言"

天下之物，不但理，而且有情，这既是曹雪芹的自然观，又是他的生命观。他想对全天下人说：生命之所以可贵，就是因为有真情，有深情，而这种生命之情，是自然的、正当的，是跟天理合一的。

前文曾将《西游记》和《红楼梦》进行对比，其实，我觉得曹雪芹倒挺像孙悟空的。

首先，他对世界、对生命充满了好奇心，"儒、道、释"这个强大的价值观体系，就是他为生命建立起来的坐标系。同时他又气魄非凡，不论多强大的外部思想都不能网罗他、绑架他。

所以，对于孔子、老庄、佛陀，不管他们名头多大，曹雪芹都敬而不畏，取我所取，用我所用，但又绝不闭着眼照单全收。他像那只胆大包天的石猴子一样，上天入地，从自然观、生命观、宇宙观、人性论各个方面，把古往今来的智慧翻腾个遍，开辟出自己的精神版图。然后，那些与他的生命产生化学反应的智慧精华，被他吃进肚子里，融进血液里，跟自己的悲欢离合发酵在一处。

他这么拼，就是想拿出一部带着自己的生命温度的大书，从自己的肺腑里掏出一份宇宙人生的答卷。

这份答卷，对儒、道、释各有所取，又各有所弃，最终将其熔炼为一炉。作者从儒家取来立足人本、提倡仁爱，从道家取来天人合一、万物有情，这都是佛学无法提供的。但是，儒、道两家都重生不重死，刚好佛家"成住坏空"的宇宙观可以弥补中国本土哲学对死亡思考的不足。

所以，一部《红楼梦》，儒家贡献了深情，道家贡献了灵性，佛家贡献了悲悯。

情、灵、空，这三者是儒、道、释思想在明清历史单元的时代话语，它们是《红楼梦》的冠冕，是它的精义灵魂。

《红楼梦》的哲学架构，是儒、道、释三家从社会观、自然观、宇宙观三个向度构成的三元互补的价值体系。《红楼梦》机关重重，并不是曹雪芹有意为难读者，而是他所借助的思想资源太过丰厚，作为小说家，他又不肯机械说教，自然就有了种种"荒唐言"。

## 情、灵、空嵌入太虚幻境核心建筑的命名体系

在前文"象征符号"一章的"情之太虚"一节里，已经阐述过，作者将"太虚幻境"这一真理空间定性为"情"。作者表达这一定性所动用的手段仍是他所擅长的隐喻，而且是其中最简单的方式——谐音。他让宝玉经由秦可卿房中所挂的秦太虚（秦少游）的对联进入幻境，对联即门的视觉意象，而秦太虚之"秦"谐音"情"。这在"红楼"语汇中，与秦可卿、秦钟之名属于同例。秦太虚名字的巧妙借用，表征的正是此处名为"太虚"，实则是"情之幻境"，是一处以真情、深情为内核的真理空间。

如果对这个哲学性的真理空间认真审视，则会发现包含于其中的一整套语汇，如千红、万艳、放春、遣香等，共同构成了《红楼梦》的核心符号体系。这在"春红香玉"一节里已经涉及，此处不再赘言。这里要重点讨论的，是《红楼梦》核心价值观体系：儒、道、释。在《红楼梦》中，它们被定义为情、灵、空。作者把这一组核心价值观用文学的手法整合进太虚幻境，嵌入了幻境中等级最高的建筑的题匾和命名之中。

中国传统建筑的重要特色之一，即它是一套建筑实体

加文本阐释的综合文化现象。也就是说，建筑实体并不是全部，只有与形而上的建筑命名、匾额文字结合起来，使其具有了人文的光辉，才是建筑的最终完成形态。从这个意义上来说，文字的作用是为建筑植入意识形态和人文内涵，从而赋予建筑以灵魂。在中国传统建筑中，等级越高的建筑，尤其是中轴线上的正殿、牌坊，其命名、题匾的意识形态意义就越重要，丝毫马虎不得。

对于中国建筑的这一特色，《红楼梦》作者领会深刻，谋划于作品之中时也是深思熟虑。正因如此，他用了十分笔墨来描写众人推敲大观园各处建筑的命名、题匾和对额。而他缔造太虚幻境时，虽然落笔处不动声色，却把全书最为核心的"情（儒）——灵（道）——空（佛）"这套价值观念嵌入最高等级的建筑之中。

第五回，宝玉入梦后，"竟随了仙姑，至一所在，有石牌横建，上书'太虚幻境'四个大字"，这是幻境之名正式出现，以"情"为这一空间定性。第十二回，跛足道人说风月宝鉴出自"太虚幻境空灵殿上，警幻仙子所制"，可知太虚幻境的正殿以"空灵"为名。从创作的角度看，作者为这个真理空间所拟的这一组最重要的建筑题名即为：情、空、灵。这一组核心价值观，也确实成为《红楼梦》这座"大厦"意识形态的最上层。图5-1简要标示了这一组核心价值观的建构形式。

图5-1 《红楼梦》核心价值观在太虚幻境命名体系中的体现

## 曹雪芹的"破空立情"

那么，从哲学上来讲，作者所理解的人生意义究竟是什么？曹雪芹选择了一个最合适的人来回答这个问题。这个人就是太虚幻境的主人，《红楼梦》哲学空间的最高主宰者——警幻仙子。

《红楼梦》第五回，在太虚幻境中，宝玉听到警幻仙子说，她对宝玉的期待是：以情悟道，守理衷情。

这里出现了中国古代哲学中的三个重要概念——情、理、道，可以说是《红楼梦》哲学核心的核心。曹雪芹心里有一种理想化的期待：每个人终其一生，都能把"以情悟道，守理衷情"当成大学问来做。

"以情悟道"的意思是，情是生命的根本属性，深情是通向真理的道路。"守理衷情"的意思是，属于普遍共性的天理当然应该被遵守，但属于个人的情感也应该得到尊重和珍惜。

从这个意义上来说，清代的小说《红楼梦》跟明代的戏剧《牡丹亭》有精神上的传承关系。

一般人对《牡丹亭》的认知，更接近公子佳人的爱情戏，但在汤显祖那里，这部剧却几乎是一种哲学的努力。杜丽娘这位弱女子，其实是一个哲学性的存在。

杜丽娘为了心里的一往情深，不仅生还可以死，甚至死了还能复生，这多么荒诞！但汤显祖就是故意用这种荒诞的方式，来讨论一种纯粹的、哲学性的生命真情，用"情"来挑战那些道学先生的"理"。

汤显祖在用情反驳理，曹雪芹却守理衷情，努力建立起情与理的中和关系。

回到小说第一回，"满纸荒唐言，一把辛酸泪"背后，关于宇宙人生，曹雪芹到底想说什么？

求法的空空道人经过大荒山青埂峰，读过刻在石头上的《石头记》之后，三观尽毁，不再叫"空空"，改名"情僧"，将《石头记》改名为《情僧录》。以"情"字取代"空"，这是曹雪芹的"破空立情"。他想表达的是，不管经历怎样的人世沧桑，都不要让自己沦入虚无。人间最有价值的是爱、深情和温暖。

前面讲过，《红楼梦》的主题是二元性的"证空"与"证情"。但是，空和情是对立的，哪个是过程，哪个是终点？最终到底是归于空，还是归于情呢？

作者最终有破有立，破空而立情：从理性认知来说，要洞悉一切归空；但是，从生命信念来说，又要坚守深情。在这个意义上，《红楼梦》的另外一个书名《情僧录》，确实有破主旨的作用。

所以，"证空"和"证情"其实是在认知过程中先后出现的两个阶段。空空道人先有"空空"，然后才有"因空见色，由色生情，传情入色，自色悟空，遂易名为情僧"。"证空"和"证情"，因其次第先后而逻辑成立。宝玉作为怡红公子，包围缠裹于红尘色相，然后闻《葬花吟》"证空"，是他意识的飞跃；再后有梨香院以泪"证情"，是他意识的再次飞跃，以情超越了空。这是一个否定之否定的过程，在宝玉的成长中，其人格呈现前进式的发展。

大荒山那座山峰的名字叫青埂峰。"青埂"，谐音"情根"，作者如此命名，是想告诉我们，天地之间以情为根。人类的深情就是立在天地间的一根擎天柱。

最后，我要对比一下张爱玲和曹雪芹。

张爱玲一生痴迷《红楼梦》，她的作品，字里行间往往带着《红楼梦》的印记。但是，张爱玲和曹雪芹之间却隔着一道鸿沟。张爱玲也目睹繁华谢尽，最终她的眼里只剩下荒凉和残酷。曹雪芹见证过到头一梦、万境归空，可他仍然含着泪、带着笑，无不接纳，无不包容。

前文提过罗曼·罗兰那句广为传诵的名言："世界上只有一种英雄主义，就是看清生活的真相之后依然热爱生活。"我喜欢这样的语言和思想中深具的力量，在此分享我更为偏爱的一句表达："不患于死，不患于生。"真正强大的人格，不但释然于死，而且释然于生。

「陆」

社会百态

# 01

# 经济账目
## ——贾府是怎么破产的

除了阳春白雪、风花雪月，社会学和经济学意义上的《红楼梦》也不容忽视。这部伟大的作品，理想性是和现实性成正比的。

这一节，我们就来看看贾府是怎么破产的。

## 贾府的破产信号

大多数人看《红楼梦》，很容易看到荣华富贵。护官符说了："贾不假，白玉为堂金作马。"但金玉满堂的贾府，有一天竟缺了一碗白米饭。

第七十五回，抄检大观园的第二天，贾珍的媳妇尤氏来到荣国府，临时决定留在贾母处吃早饭。因为意外多出了尤氏和探春，给主人准备的米饭不够吃，丫鬟们给尤氏的碗里添的竟然是下人吃的米饭。

贾府老祖宗的饭桌曾经何等气派，眼下竟然缺了一碗待客的米饭，这简直是于无声处听惊雷。一边是家族内讧，一边是江南甄家被抄家的消息传来，一边是家族经济破产的征兆，这一刻的贾家真是内忧外患。

赫赫扬扬的皇亲国戚，怎么突然就败落至此了呢？

其实，贾家不是突然败落的。在那之前，不管是贾府内部的明眼人，还是不相干的旁观冷眼人，早就有声音一直在说，贾家已经在走下坡路了。

第一个发出信号的，是古董商人冷子兴，冷子兴三个字的意思就是冷眼看兴亡。这位冷眼人说，贾府"外面的架子虽未甚倒，内囊却也尽上来了"，贾府表面上轰轰烈烈，实际上久已面临财务窘境。

这是全书的第二回，故事的大幕还未真正拉开，这个基调就已经定了。一般人很容易忽略这段话，但是，随着故事的发展，不断有人加入，强化这个声音，贾珍、贾蓉、探春、凤姐儿，甚至黛玉、宝钗都说过。

大观园厨房的总管柳家的，不满丫鬟们挑肥拣瘦，曾经愤愤地说："别说这个，有一年连草根子还没了的日子还有呢！……细米白饭，每日肥鸡大鸭子，将就些儿也罢了。"这并不是危言耸听，而是作者一次比一次真切地发出预警。

## 贾府的钱从哪儿来

贾家的日子，用王熙凤的话来说，就是"家里出去的多，进来的少"。下面我们就理理看，贾家有哪些花销，又有哪些进项，是怎么入不敷出的。

从进项来看，贾家是官宦之家，宝玉的父亲贾政、伯父贾赦，还有宁国府的贾珍，都有朝廷的俸禄。

不过，稍稍了解一下清代的财政制度就会知道，官员俸禄其实是相当有限的。以贾政为例，起初他是工部员外郎，按官阶来说，是从五品，一年八十两银子的俸禄。

八十两是什么概念？大观园的一次螃蟹宴就花了二十多两银子。后来贾政外放学政，当上了正三品官员，俸禄也不过一百三十两。像贾母、王夫人这些诰命夫人，也各自有一些俸禄，但肯定不会太多。算下来，整个贾府一年俸禄的进项，也就上千两银子。

你可能听过一句话，"三年清知府，十万雪花银"，贪腐收入几乎是大部分清代官员的主要经济来源。但《红楼梦》里没有涉及这些问题，作者说贾政为人谦恭厚道，政风颇好，所以，这项灰色收入不在作者的设定之中。

小说里倒是透露了另外一项独特的收入来源：庄田。

《红楼梦》第五十三回，年根儿底下，一个叫乌进孝的庄头押送着大批物资，历经一个多月的长途跋涉，出现在宁国府门前。

要理解什么是庄头，就要了解清代独特的经济形式——庄田经济。这要追溯到清太祖努尔哈赤。努尔哈赤建立了一种土地耕种制度——把大量的土地，连同土地上耕种的农户，一起赏赐给皇族成员和贵族功臣。这些赏赐的土地，每一个独立单位都称为庄。在努尔哈赤和皇太极时期分封的庄田，基本都在山海关以外，而顺治帝入关以后，庄田的范围主要在北京周边地区。

庄田经济的主要特点是地域广大，动辄几百上千亩，所以出产是很多元的。

庄头乌进孝说，他的大车队足足赶了一个月零两天的路，才终于在年根儿底下到了京城。据此基本可以推断，宁荣二府的庄田位于距京城七八百里远的山海关外或者更远的辽东，所以贾蓉称乌庄头为"山坳海沿子上的人"。

仔细看乌进孝给贾珍的那张单子，就会发现，大车队运来的既有大批的粮食，也有包括上百只鹿、狍子、野猪在内的各种野味，还有几百斤鱼、几百只活的鸡鸭鹅，甚至大量虾、熊掌、海参，等等。

除了给贾府送来大批粮食肉类，庄田还会缴纳银两。这一次乌进孝上交给宁国府的银子是两千五百两。比起贾政等人的俸禄，这才是贾府的主要进项。荣国府的庄田比宁国府大上几倍，收入自然也更多。

不过，这笔进项正在减少，这一年乌进孝交的数目比贾珍预想的少了一半，而且因为天灾，还有几处庄子报了旱涝灾害，所以贾珍还真有点忧患感。

## 贾府的钱花哪儿去了

贾珍的忧患，缘于贾府里使银子的地方太多了。钱都花在哪儿了呢?

其中一项硬性开支是各人的月钱,也就是工资。别看贾府管吃管住,但上自老太太、王夫人,下到各等级的丫鬟仆役,每人每个月都有固定的月钱,逢年过节还有年例、赏赐。

大概估算一下,单说荣国府上上下下三四百人,光人力这一项支出,起码一个月得上千两银子,那么一年就是一万多两。大观园建好以后,除了原先的仆役,又多养了一干尼姑、道姑、唱戏的女孩子,花销更大了。

另一项重大开支是日常消费。贾府的庄田最多也就能供给粮食肉类,但这么大的府邸,好几百号人,衣食住行、车马家具、文玩摆设,乃至胭脂花粉,不但都得到外边去采办,还都是所耗不菲的精品。

阖府上下锦衣玉食,心安理得,没人觉得该节省。比如酒酿清蒸鸭子、奶油松瓤卷酥这样精细的美食,如芳官这样的二等小丫鬟居然说:"油腻腻的,谁吃这些东西。"

这样的生活,一年没有一万两银子,肯定下不来。

还有一大宗支出是官场上的人情往来。

第七十二回,贾琏说:"明儿还要送南安府里的礼,又要预备娘娘的重阳节礼,还有几家红白大礼,至少还得三二千两银子用。"一个重阳节就要这么多,一年中其他大节,比如端午节、中秋节、春节,就更隆重了。这么算下来,贾家的人情往来一年又是不少于一万两银子的开支。

但如果只是这些开销，跟进项大抵还是能平衡的。百年之家，家底不薄，赶上丰年，庄田的收入还会更好。王熙凤作为荣国府的大总管，挖空心思，为十年之间的大事都做了经济筹划。不但宝玉、黛玉的婚事，贾府各位小姐出嫁，就连老太太的后事该有多少支出，钱从哪里来，她都已经思虑得清清楚楚。

但王熙凤又说："如今再俭省些，陆续也就够了。只怕如今平空又生出一两件事来，可就了不得了。"穷人家最怕生病，而贾府这样的大富之家，"平空生出来"应付不了的事，恰恰是它最引以为荣的皇亲关系。

为了预备元妃的省亲，贾府修了一座大观园。这项工程所费之奢，远远超出了贾府的预期。

修大观园到底花了多少钱，书里没有明确说，但有两个小细节——到苏州采买唱戏的女孩子，置办乐器行头，花了三万两；置办花烛彩灯帘栊帐幔，又是两万两。五万两银子，只办了这两个不算大的项目，那么建好那么大个园子，恐怕没有一二百万两银子是办不下来的。

所以，贾珍、贾蓉父子俩对乌进孝说："头一年省亲连盖花园子，你算算那一注共花了多少，就知道了。再两年再一回省亲，只怕就净穷了。"

从文学创作的角度看，作者为了建造一个庇护女儿的理想国度，还真是不惜血本。但如果从理想的维度下降到现实维度，从经济学的角度看，贾府历代积攒下的基业，竟很有可能是被这件光宗耀祖的事掏空了家底，又实在是悲凉的讽刺。

回到"红楼"主题之一"证空"，小说的悲剧性不仅基于人际矛盾和生命无常，更基于社会的现实性，这让《红楼梦》这部书包裹着庞大、坚硬的社会学、经济学内涵。

# 02

# 兵家法家

## ——贾探春和王熙凤的管理风格

前文说过，脂砚斋透露，作者的创作主旨，是要为见识行止胜过男子的所有女子作传。作者所说的见识行止，可不光是儿女真情的范畴，还包括历史、哲学、艺术，等等，甚至还有过往小说里很少展露的管理才干。管什么？管家。

宁荣二府的主人有三十多位，但为了伺候这些主人，两府里各有三四百名仆人。这个人数规模，在今天算得上大中型公司了。这么一来，系统的复杂性大大提高，管理的难度也就大大提高了。要管事、管人、管钱，想想真是不容易。

小说里担当过管家重任的有两位女性，一位是荣国府的琏二奶奶王熙凤，另一位是三小姐贾探春。下面我们就来对比一下她们的管理水平和管理风格。

两个人的管理水平都相当高，但管理风格却相去甚远。如果按照现代管理学分类，王熙凤更像威权型领导，探春则属于有魅力的变革型领导。在我个人看来，王熙凤杀伐决断，更近法家手段；探春敏锐明决，更近兵家气度。

## 精彩的管理案例

论管理水平，两个人都有精彩案例。

先说王熙凤。从正规的人事关系来看，王熙凤其实并不是荣国府大宅的一员，她是被王夫人从东院儿——贾赦和邢夫人家——借调过来的。王熙凤是贾琏的夫人，贾琏是贾赦的儿子，也就是说，贾赦和邢夫人才是她的正经公公婆婆。

但王熙凤在荣国府有一个至关重要的亲戚关系——宝玉的母亲王夫人是她的亲姑姑。王夫人看好凤姐儿的才干，更放心这层姑侄关系，把她从邢夫人那儿长期借调过来，授予她全权，代替自己总理荣国府一切事务。

所以，从这几项基本情况来看，王熙凤出身好，有权威支持，虽然是"空降"，但是地位稳定，大权在握。

从业绩成效来看，王熙凤一战成名——料理秦可卿的丧事。秦可卿是宁国府第五代贾蓉的夫人，也就是贾珍和尤氏的儿媳妇，因为跟公公贾珍有染，丑闻败露而自杀。

贾珍对秦可卿的过世十分哀痛，对于料理丧事，他的态度是"不过尽我所有罢了"，奢侈铺张到无所顾忌的程度。又因为宁国府平时管理甚为混乱，贾珍怕丧礼出纰漏落人口舌，所以郑重拜托王熙凤帮他全权打理。

在《红楼梦》的时代，最严肃隆重的事情莫过于红白之事，也就是喜事和丧事。这件事落在凤姐儿手里，对于逞强好胜但又没料理过红白大事的凤姐儿来说，简直是天赐良机，她要借此机会在整个贾氏家族立威。

事情接下了，但是，究竟该怎么操作呢？

不愧是凤姐儿，她迅速抓住要害，归纳出一二三四五，指出了宁国府管理的弊端。而且她精准概括了一个重大项目的所有要素：工作团队、工作范畴、时间、质量和成本。

于是，在接受贾珍委托的第二天一大早，凤姐儿就集合了整个内务团队，也就是宁国府的婆子、媳妇们，公布了她的项目计划书。

她把丧事的所有环节和内容进行拆解，又把宁国府那些仆人对应做了分组，专职专责。比如客人来往招待、本家亲戚茶饭分别设了一个专职小组，每组两班，每班十人。挂幔守灵也设了一个小组，每组两班，每班二十人。另外还设有灯烛纸扎管理小组、夜班值守小组，又细化到专门的茶器管理、酒饭器皿管理，再具体到每个房间的桌椅古董陈设管理，每一项都设置了专门小组。

这下，哪怕摔了一只杯子，都能立刻找到责任人，出了问题，让他自己掏腰包来赔偿。

随着凤姐儿一项一项分派清楚，一个非常明确的项目团队建立起来，组织架构清晰，责任明确，时间、质量、成本都成为可控因素。顿时，宁国府风气大变，井井有条。

王熙凤这一仗，不可谓不漂亮。

　　宁国府的贾珍从小看着凤姐儿长大，在他眼中口中，"从小儿大妹妹顽笑着就有杀伐决断，如今出了阁，又在那府里办事，越发历练老成了。"凤姐儿更是宣称自己"从来不信什么阴司地狱报应的，凭是什么事，我说要行就行！"全是一派法家的强硬决绝。

　　但是这种杀伐决断体现在对人上，则造成了王熙凤管理的一个致命弱点，就是太过严酷，甚至残忍。第六十一回，王夫人房里丢了玫瑰露，为了追贼赃，凤姐儿的主意是把丫头们都叫来："只叫她们垫着磁瓦子跪在太阳地下，茶饭也别给吃，一日不说跪一日，便是铁打的，一日也管招了。"周瑞家的是王夫人的心腹陪房，自然跟凤姐儿也是一条心，她说起王熙凤来极口称赞："这位凤姑娘年纪虽小，行事却比世人都大呢！如今出挑的美人一样的模样儿，少说些有一万个心眼子。再要赌口齿，十个会说话的男人也说她不过。"但是她也不免还要缀上一句："就只一件，待下人未免太严了些。"

　　刻薄寡恩，这是法家之弊，也往往由此种下自家败亡的根源。

## 贾探春的土地改革

　　大观园第二年，因为凤姐儿小产病倒，贾府三小姐探春临时受命照管大观园。你不妨把她的角色理解成临时管理大观园的高级项目经理，这个项目她做得是风生水起。虽然只有短短几个月时间掌权，可是探春抓住这个机会，对大观园的管理进行了策略性调整。

她把园子承包给平日里冷眼取中的众位婆子来种植养护，再把收成卖出去。只这一项，不但能生利，而且每年还能给荣国府节省出四百两银子的开销。用今天的话说，就是探春搞了"包产到户"，把大观园的土地使用权进行了变更，原来一直赔钱的园林，一下子变成了能生利的粮田、花田、果园。

三姑娘为什么会产生兴利除弊的念头呢？因为她跟凤姐儿最大的不同，就是她知书识礼，比后者更厉害一层，能居安思危，有见地，有行动力，既能认识到贾家已经面临末世，倾颓在即，也肯尽一份自己的努力，试图挽回危局。

贾探春的大刀阔斧、锐意创新并非空穴来风。对于她的创新能力、组织能力，作者其实早有铺垫，比如她是大观园诗社的倡议者和创始人。前文分析过探春的居室和爱好，从中也能看出她思维敏捷、作风硬朗，心里还藏着一个士大夫之梦。再看第七十三回她为迎春出头，一边气定神闲稳住局面，一边不动声色使一个眼色，心腹大丫鬟侍书已经去把平儿搬来处置刁奴的胡搅蛮缠。宝琴拍手赞叹："三姐姐敢是有驱神召将的符术？"黛玉笑道："这倒不是道家玄术，倒是用兵最精的，所谓'守如处女，脱如狡兔'，出其不备之妙策也。"宝琴和黛玉发出的赞叹，正是作者将探春作为兵家来赞叹。而探春所崇拜的贾家创基先祖，正是从兵家开基立业的，可谓家风遗传到了这位女儿身上。

## 迥然不同的管理风格

在上面两个典型案例中，王熙凤和贾探春表现出来的管理才能都很出色，但两个人的管理风格却迥然不同。

首先，她俩用人的风格完全不同。

探春更接近一位变革型领导，既有远见，又有行动力。在家族内讧、抄检大观园的那个晚上，她的表现非常精彩，是唯一在那场闹剧中保全了尊严、怒斥了作祟小人的人。抄检队伍未到之前，"谁知早有人报与探春了"——探春平素建设的哨探机制非常有效，足见其高明之一斑。探春"遂命众丫鬟剪烛开门而待"，一派主帅临阵的镇静。她尽全力维护了自己和秋爽斋全体丫鬟的尊严和利益，甚至当众斩钉截铁地对带头的人说："我的东西倒许你们搜阅，要想搜我的丫头，这却不能。"遇见这样的上司，下属多半也愿意为她踊跃向前。她是一个靠敏锐洞察、果决行动和个人魅力号召人的领导者。

王熙凤则是典型的威权型领导，强调服从，主要通过惩罚和结果导向来管理下属。她脑子随便一转，就能想出惩罚下人的狠招，就连对自己身边的小丫头，也是说一声不满意，先是扬手一巴掌打得两边脸紫涨，再拔下头上的簪子去嘴上乱戳，还扬言要烧了红烙铁来烙嘴。如此刻薄寡恩的领导者，一旦危难出现，注定众叛亲离。

其次，因为愿景不同，作为管理者，两个人的行为也有很大差别。

假设今天有这么一位管理者，忽然被爆出长期挪用公款，每个月都把全公司的工资提前支取出来，偷偷拿去放高利贷，再把之前放出去的取回来发薪，全部利息收入私囊，那这事儿一旦让董事会发现，他不但得走人，甚至可能锒铛入狱。

但王熙凤还真就是这么干的。她常年秘密挪用公款放高利贷，每年有两三千两银子流进自己的腰包。

探春虽然年轻稚嫩，跟王熙凤比，看起来没那么锋芒毕露，但在作者心目中，这正是兵家正气。在《孙子兵法》中，"静若处子，动若脱兔"就是形容用兵之法的。

探春的改革，其实是在探索拯救贾府经济危机的出路，她把组织的利益放在了第一位，关心组织内部的创新和长远发展。脂砚斋在《红楼梦》批注里表达过一种期待——假设探春没有远嫁，还在贾府，也许贾家不至于败落得那么不可收拾。然而，不得不遗憾地说，探春的改革其实是一次失败的尝试。

她的意愿和行动力都没问题，却受制于外部情势。在贾府的大环境里，正是这次兴利除弊的举动，牵一发而动全身，推倒了多米诺骨牌，成为仆人群体利益冲突爆发的导火索，最终导致主人利益集团矛盾的爆发。

用王国维先生的话来说，真正的悲剧，不是小人挑拨离间等小伎俩，而是无可奈何的人性和社会规律。

在第五回"金陵十二钗"的判词里，探春的判词是"才自精明志自高，生于末世运偏消"，凤姐儿是"凡鸟偏从末世来，都知爱慕此生才"。可见，作者对她俩的才干都给了很高的评价。只不过，同样生于末世，探春保持着一种全局的利益观，而凤姐儿则把私利放在第一位，始终醉心于个人"烈火烹油"的得意与风头，对事物的发展缺乏预见性的智慧。

她俩的差别，不是才具高低、能力强弱的差别，而是作为人，和他人、和财货、和自我的关系的差别。

## 03
## 功利网罗
### ——权力与关系

从艺术创作的角度看，大观园是一块理想之地，是曹雪芹为"水一样的女儿们"打造的一个乌托邦。但再纯净的乌托邦世界，只要有人，就会有关系。这一节我就带你透视《红楼梦》里的人际关系。

《红楼梦》这部书的现实性在于，它在表面的风花雪月之下，呈现了贾府各个群体之间从静态平衡到动态矛盾，进而发展到博弈、冲突，演变为厮杀，最后毁灭的过程。

说到贾府的人际关系，最引人注目的就是王熙凤的八面玲珑和薛宝钗的圆融周全，但我们往往容易忽略另外两位处理关系的高手——探春和王夫人。

## 探春与王夫人的关系

上一节我们讲过，探春曾经代理过大观园的管理，那么，庶出的探春是怎么掌权的呢？其实，这个问题背后真正的问题是，谁是那个授予探春权力的人？

第五十五回，大观园的第二年开春，王熙凤小产，卧床不起，王夫人便觉失了膀臂，所以日常事务命"探春合同李纨裁处"。王夫人的这个安排，推敲起来是颇有点奇怪的，因为探春的母亲是贾政的侍妾赵姨娘，在传统宗法制社会里，庶出子女本来地位就很微妙，况且王夫人跟赵姨娘之间表面既不相得，暗中矛盾更深，那么探春理应在王夫人跟前也不受待见才比较合逻辑。

再具体到探春，还有另一层尴尬，不但她的亲生母亲赵姨娘不识时务，她的亲弟弟贾环还不时中伤、陷害宝玉。王夫人骂贾环是"黑心不知道理的下流种子"，你就知道她心里对赵姨娘母子有多厌恶嫌恨。

那么，探春是如何得到王夫人信任并被委以重任的呢？

这个反常，缘于探春毫不含糊地站队。探春坚定地站在宗法制的正统一面，始终公开摒弃自己的庶出身份，她一再申明自己眼里"只管认得老爷、太太两个人，别人我一概不管"。所以，在作者笔下，她是朵带刺的玫瑰，这恰恰也是她人性中正邪两赋的体现。

这样就足以赢得王夫人的好感了吗？哪有那么容易！但是探春姑娘并非等闲之辈，她是个行动派，黛玉用"守如处女，脱如狡兔"形容她，不是凭空说的。

终于，她等到了一个绝好的机会。

## 探春为王夫人解围

这要从探春的大伯父贾赦说起。这位贾府里的大老爷，贪财好色，为老不尊，竟然相中了老母亲的贴身大丫鬟鸳鸯，唆使自己的太太邢夫人到贾母跟前给他保媒。但贾赦没想到，邢夫人还没来得及跟老太太开口，鸳鸯听到口风先不干了；她誓死抗婚，直闹到老太太跟前，老太太听了大怒，并迁怒于在场的所有人。

在场的除了丫鬟婆子们，就只有王夫人、薛姨妈和宝玉。其实，姐妹们本来也都在，只是大嫂李纨感觉这样的事情属于"少女不宜"，第一时间把姐妹们都带出房间了。

于是，场面就尴尬了。本来是贾赦和邢夫人的错，可当事人都不在场，贾母的怒气都发泄到了王夫人身上："你们原来都是哄我的！外头孝敬，暗地里盘算我。"甚至说王夫人"弄开了她，好摆弄我！"

像贾府这种大家庭的规矩，婆婆说话的时候，儿媳妇只有听着的份儿。所以，王夫人不管心里多委屈都得忍着，她哪怕为自己分辩一句，听起来都像是跟婆婆顶嘴。这时候，探春出场了。她是有心人，审时度势，敏锐地意识到：这正是用得着女孩儿之时。因为事情确实太尴尬，谁站出来说话都不合适："王夫人虽有委屈，如何敢辩；薛姨妈也是亲姊妹，自然也不好辩的；宝钗也不便为姨母辩；李纨、凤姐、宝玉一概不敢辩。"因为都是王夫人的亲人，所以都要避嫌。此时正需要她这样身份的年轻女孩儿，半撒娇半认真地、一语中地地把症结点出来，才能为王夫人解围。

所以，她在窗外"听了一听"，当机立断走进来跟贾母赔笑说："这事与太太什么相干？老太太想一想，也有大伯子要收屋里的人，小婶子如何知道？便知道，也推不知道。"探春一句话点出了症结：贾赦和贾政是亲兄弟，王夫人是弟媳妇，大哥要娶小妾，弟媳妇怎么可能知道？！这么隐私、这么尴尬的事，探春一句话全解了。

贾母不是糊涂人，本来也只是一时气急了，没等探春说完，她立刻醒悟，开明的老太太当场让宝玉向王夫人下跪，替自己给王夫人致歉。一场危机化解，皆大欢喜。

正是这一次，王夫人接下了探春递过来的橄榄枝。紧接着不过三四个月之后，探春就获得了王夫人授予的掌管大观园的机会。

## 王夫人才是真正的内当家

在人们的印象里，王夫人通常是吃斋念佛，菩萨心肠，很难被看作一位厉害角色。其实，按身份来说，她才是荣国府真正的当家人。

刘姥姥仍记得当年王夫人出嫁以前的风格，"着实响快，会待人"，可见王夫人一点儿也不弱，只是人过中年，不耐烦理杂事，所以才从邢夫人那儿借调了贾琏和王熙凤过来。而王熙凤是王夫人的亲侄女，从这项安排上就可以看出王夫人思虑周密，不是那么简单的人。

王夫人通常都表现得隐忍无为，跟凤姐儿的精明爽利比起来，她甚至给人感觉有几分木讷迟钝。可是你要知道，她一旦有所作为，上可以架空老太太，下可以瞬间决定一个人的命运处境，比如探春和袭人。而她一旦动怒，都会伴着人命，比如金钏儿和晴雯。风流灵巧的晴雯是贾母早就为宝玉物色好的侍妾，"这些丫头们那模样儿、言谈、针线多不及她，将来只她还可以给宝玉使唤得"。可是王夫人跟老太太看人完全是不同的标准。她平生最厌恶晴雯这样妖妖趔趔、伶伶俐俐的人，她看得入眼的都是"笨笨的"、不显山不露水的。袭人正是看到了这一点，跟探春一样，选准时机，对王夫人宣示效忠。

王夫人不但是个实力派，还是个行动派。两个月以后，她瞒上不瞒下，半公开地确立了袭人"姨娘"的身份，府中上下皆知，就只瞒着贾母和贾政。

大观园第三年秋末，借着抄检大观园的余波，王夫人又亲自动手清理怡红院，第一件事就是驱逐晴雯。晴雯本来已经"四五日水米不曾沾牙，恹恹弱息，如今现从炕上拉了下来，蓬头垢面，两个女人才架起来去了"。被逐出大观园之后，晴雯很快悲惨地死去。直到这时，王夫人才择机知会老太太自己扶植袭人的决定。贾母也只得顺水推舟地说："既是你深知，岂有大错误的。"

无论探春还是袭人，都是清醒于自己的功利性目的，在贾府复杂的关系网中准确判断，投向王夫人，所以赢得了转机。而一向使力不使心的晴雯，完全没有关注过利害关系，"痴心傻意，只说大家横竖是在一处"。晴雯的痴心天真，一如宝玉的痴心天真，他们觉得这些人永远不会散，时光永远不会改，"倒像有几百年的熬煎"。

作者理解功利的选择，但他更爱的是无功利的真，他让探春、袭人在现实里走通了各自的路，但是在判词里，他将晴雯置于袭人之前，隐秘地给出了自己的评价。

## 隐蔽的不和谐关系

贾府里还有一组很隐蔽的不和谐关系——贾赦和贾政两兄弟。这一对手足之间的争斗，将是压倒骆驼的最后一根稻草。

贾赦是哥哥，并且继承了爵位。按照中国传统宗法制，荣国府应该是哥哥贾赦主事才对，但奇怪的是，真正继承了家业的竟是次子贾政，主持家事的也是贾政，长子贾赦分户另过。其中原因，历来研究者各有推想，莫衷一是，但有一点很明确，就是贾母对长子夫妇俩都很不待见。荣国府的这种状况，无论是母亲的偏爱，还是实权的掌握，都跟宗法制家庭里以长为尊的传统有冲突。

贾赦和贾政也完全不是一类人，如果不是亲兄弟，他们肯定无法共处，更不要说成为朋友。两兄弟之间仅能维持大家庭成员之间的表面和平，其实早就貌合神离，关系随时可能恶化。

前八十回快结束的时候，兄弟二人的争斗已经摆到明面儿上了。第七十五回，中秋节赏月，贾赦当着贾母、贾政和全家大小的面，拍着赵姨娘的儿子贾环的头，别有用心地说："将来这世袭的前程，定跑不了你袭呢。"贾环在贾政这一支上非但年龄不居长，而且还是庶出，无论从哪一方面来说，有宝玉在，他都没有继承爵位的可能。贾赦当众说这样的话，意图昭然若揭，就是将水搅浑。

再加上几天之前贾府刚刚上演了一出抄检大观园的丑剧，长房次房矛盾、嫡庶矛盾裹挟在一处，家族内讧浮出水面。贾赦、贾政兄弟的矛盾从暗处转到了中秋节的酒宴上。

作者铺排了这么大一部宇宙人生之书，茫茫人间，每个人都陷在关系与关系的制约之中，困在利益和欲望的诱惑之中，推挤与被推挤着奔赴那个逃不掉的大势，这才是人生最大的无可奈何。

《红楼梦》这座诗与理想的大厦，建筑在现实主义的地基之上。曹雪芹笔下的宁荣二府，陷在重重的关系网罗之中。再厉害的关系高手，也只有一时的功利可以计较，最终都逃不过盛极必衰、成住坏空的大规律。只有真情的眼睛可以超越红尘紫陌的功利，上升到空中，俯瞰这一切。

# 04

# 观世照人
## ——从书中人物反观作者身份

今天的很多影视剧，尤其是现代职场剧，人物、情节、穿着打扮常常穿帮，因而被人们吐槽。究其原因，很大程度上是因为编剧缺乏这方面的生活经验。

对比之下，《红楼梦》总共写了七百多人，从王公贵族到农夫村妇，从清客相公到江湖庸医，从皇宫里的太监总管到西门外的花匠，每一个人物都写得生动传神。

第一回，故事大幕拉开，最先出现了四个人物：一位茫茫大士，是僧人；一位渺渺真人，是道士；一位富足的乡绅，甄士隐；还有一位落魄的文人，贾雨村。儒、道、释三家，也就是三教九流里的三教，就这样云淡风轻地聚齐了。

## 《红楼梦》里的各阶层职业

《红楼梦》写各阶层职业，写得很专业，即便是专业性很高的行当，比如建筑、医药、纺织、茶等，非但不露怯，往往还能让行家由衷感叹"作者是个行家"。第十六回，大观园破土动工，工地上热闹非凡："各行匠役齐集，金、银、铜、锡，以及土、木、砖、瓦之物，搬运移送不歇。"如此不起眼，多半会被一掠而过的一句话，其实是特别专业落地的行话。只有经古建领域的专家点破机关，才会知道这句话准确地对应了五行八作里的八作，代表一个标准的、工种齐全的古建施工队。这么不起眼的一句话都写得严丝合缝，可见作者对园林建筑很在行。

全盘看下来，根据《红楼梦》里涉及的行当素材，差不多能还原出一份清代社会职业的结构图。这更加引发了人们对《红楼梦》作者的好奇心。

《红楼梦》里的人物，上到王妃公卿，下到贩夫走卒，在当时的社会背景下，到底是什么人，接触到的社会阶层能跨度这么大？

《红楼梦》作者的身份，长期以来都是红学界关注的焦点。我能理解争论的关键所在。小说当然是虚构的，但除去那种完全架空的玄幻小说不论，一位作家能够在他的艺术世界塑造出不同阶层的现实生活，跟他的个人经验是有直接关联的。

文学理论界一向有"知人论世"的说法，作者的生活经历经常成为解读很多作品的重要线索。《红楼梦》作者究竟是不是曹雪芹，历来有很多争议，这里姑且不讨论《红楼梦》到底是谁写的，而是从文本出发，通过作品呈现出来的各种职业的精粗取舍，来还原一下作者的社会生活范畴和日常生活图景，给他做一个人物画像。

## 刻意回避实写宫廷

《红楼梦》里有不少情节直接关联了宫廷生活，比如对元妃省亲这样的皇家排场描绘得非常精细，某位老太妃的过世也被作者纳入大观园第二年的情节推动之中。但是，作者一次也没有试图把自己的笔伸进宫墙里面，描绘一下宫墙内的世界，以及元妃在宫里的生活。

贾家和宫里，是由太监这个职业群体连接起来的。比如，一会儿有小太监跑出来传旨，颁赐元妃的端午节赏赐，一会儿又有大太监跑来，或是拉关系，或是打秋风，等等。至于以何等隆重的笔墨娓娓写出的元妃省亲，也是从娘娘出宫以后、临到宁荣街写起的，"一顶金顶金黄绣凤版舆，缓缓行来"。

从这点来看，作者有可能离最高权力很近，但又刻意回避了实写宫廷。

## 写农村生活，新鲜好奇

作者有一项过人之处——善于露巧，更善于藏拙。凡是他熟悉的领域，就用工笔细描，他不够熟悉的，就用疏笔写意。

比如，小说只有一处场景被真正安放在了乡村。第十五回，贾府人马浩浩荡荡为秦可卿送殡，凤姐儿带着宝

253

玉、秦钟在农舍里歇脚。这是宝玉第一次跟农民打交道，也是第一次看到农具和纺车，觉得很新奇，就动手要转动那纺车。忽然一个女孩儿跑过来，不让他碰，又说："你们哪里会弄这个，站开了，我纺与你瞧。"这个活泼泼的乡村女孩儿，名字就叫二丫头。

这一段很短，能从中体会出来，作者对乡村，其实也带着跟宝玉类似的新鲜和好奇，寥寥数语，有泥土的清新，却浅尝辄止。

也许有人会反驳说，他写刘姥姥很传神啊。没错，但你需要注意一个细节，无论刘姥姥，还是年末来交纳收成的乌庄头，作者为他们设置的情节，都没有在土地上展开，而是经过了空间位移，让他们来到贾府。他们身上带有的土地气息、乡野趣味，在豪门环境里释放出来，构成了雅俗并置的张力。

所以，作者并不是全知全能的。至少根据文本，能大致推测他对农村生活不太熟悉，但他会扬长避短，一旦人物进入城市，进入豪门朱户，他就可以如鱼得水般大展身手了。

## 写市井生活，浅尝辄止

把《红楼梦》文本裁剪拼合在一起，你会看到这样的市井图像：

街上林立着供人吃饭听曲的酒楼；货物琳琅、人群熙来攘往的大市大庙；古董店里，坐着曾经跟贾雨村攀交情的冷子兴；香料店里，有贾芸势利眼的舅舅卜世仁；还有薛姨妈家的当铺"恒舒典"，柜台里坐着总经理张德辉。

再看街上，摇摇晃晃走过来一个醉汉，那是放高利贷的倪二；街角上，三三两两歇着车夫和轿夫，兜揽生意。

不过，这些图景都是我通过多处情节里透露的一星半点儿信息间接获得的，至于作者自己，他几乎一次都没停下脚来仔细打量过街市，一次也没让视线聚焦在那些集市店铺和往来行人身上。

第二十八回，宝玉和冯紫英、蒋玉菡、薛蟠等人在酒楼聚会，就是在那儿，宝玉唱出了著名的《红豆曲》："滴不尽相思血泪抛红豆，开不完春柳春花满画楼，睡不稳纱窗风雨黄昏后，忘不了新愁与旧愁。"这么重要的情节，作者都懒得给店铺的环境哪怕一句描写，读者既不知道这家酒楼叫什么字号，也不知道它长什么样、室内空间陈设如何、菜品如何，甚至坐落在哪儿。

我们不妨推断一下：作者关于市井人物和市井生活的经验，其实相当丰富，但这些都不是他的兴趣所在。更关键的是，他对市井审美的关注度基本为零。

## 写侯门生活，如鱼得水

作者最熟悉的，显然是侯门贵族的生活。

一旦视线转回荣国府，尤其是大观园里，作者的状态马上一百八十度大转弯。对这个场域，不管是各种景物，还是各色人物，他的熟悉度和创作兴奋度，可以说一直在饱和状态。

他写建筑，或四通八达、轩峻壮丽，或厢庑游廊，小巧别致；他写园林，花招绣带，柳拂香风，一桥一阁，色色光辉；他写人群，一言一行，尽态极妍……总之，一切无不带有他的体验与关切，无不透露出他的熟悉。此处只择取一个小细节，来看看他笔下处理王熙凤身边一个小仆役的身份职责之精细，就可以了解他对于贵族内宅运作机制的熟稔程度。

王熙凤大字不识几个，所有的文书账目都要由一个叫彩明的小仆役来读给她听，然后再由凤姐儿口述处置意见，彩明替她动笔批复。这个彩明究竟是男是女，作者并没有明说。如果彩明是个丫鬟，就很蹊跷。要知道在那个时代，能有机会受教育的奴仆本来就很罕见，何况是个丫鬟。但如果是个识字的男仆，就更说不过去，按照男女有别的规矩，一个识文断字的青年男仆亲随在凤姐儿身边，且成天在二三十位管家娘子堆里，在二门、三门里头混，在贾家这样规矩森严的府邸中十分不成体统。

关于这个问题，《红楼梦》的两位批书人——脂砚斋和畸笏叟还起过争执。脂砚斋有一条朱批说：以凤姐儿的身份，怎么会让彩明一个贴身丫头，直接去和家里的男仆们交接事物呢？"此作者忽略之处。"畸笏叟在后面跟了一条朱批说："彩明系未冠小童，阿凤便于出入使令者。老兄并未前后看明是男是女，乱加批驳，可笑！"也就是说，彩明是个没成年的小书童。

那书里还有其他证据吗？两处细节可以告诉我们畸笏叟是对的。第二十四回，贾芸得了差事，到凤姐儿处领对牌，便是彩明从他手上拿了领牌进去，再把对牌拿出来交到他手上。如果彩明是个丫鬟，即便有主仆地位之别，也已经是不妥，对比小红初见贾芸如何回避即可知。更具说服力的是第四十五回，周瑞的儿子在凤姐儿生日上撒酒疯，凤姐儿派彩明去申斥，"他倒骂了彩明一顿"。这个细节告诉我们，彩明断不是女孩儿。且不说周瑞的儿子是否敢对凤姐儿身边的丫鬟怠慢无行，深顾身份脸面的凤姐儿，是完全没可能派贴身丫鬟去直接斥骂酒醉的男仆的。

所以关于此处的评点，虽然脂砚斋更广为人知，但畸笏叟的解释更为合情合理。一位小书童跟在凤姐儿身边，出入二门内外，直接跟家中爷们儿交接事物，甚至抛头露脸训斥男仆，都没什么不得体的。更进一步说，像凤姐儿这样的贵族当家奶奶身边，一定需要彩明这样的角色，帮女主人处置文书、连通内外院女仆和男仆的事务，如此才能解决女性当家人在那个时代的教育局限和性别局限。由此可见，作者对贵族阶层那套生活机制的熟稔程度，使他调动笔墨丝丝入扣、一毫不乱。

作者写出入贾府的一群清客相公，也非常传神。说到底，清客相公们就是一群帮闲凑趣的文人，最主要的职责是哄老爷高兴，溜须拍马，阿谀奉承，各显身手。

第十七回大观园题诗那场戏，各位清客相公演得十分卖力，不但吹捧宝玉，还要捧得风雅得体。宝玉给潇湘馆拟的匾额是"有凤来仪"，他们不失时机地"哄然叫妙"；到了给蘅芜苑题诗，宝玉套用古人的句子，照猫画虎写了两句，他们竟然说古人的句子"竟似套此而来"，真亏他们想得出、说得出！

至于医、卜、僧、道、优（戏子）这些职业的从业者，对那个时代的侯门生活来说，是不可或缺的服务者，所以作者也相当熟悉。他塑造了附着在豪门里讨生活的各色人物，诸如东岳庙里卖膏药、开出"疗妒汤"的王道士，水月庵里给王熙凤出馊主意的老尼姑净虚，大观园筹划起造的总主持老明公山子野，还有未曾露面的西门外花匠方椿，等等。

通过文本我们可以感觉到，在《红楼梦》作者的生活经验里，第一，乡村和城市比，他应该更熟悉城市；第二，市井和侯门比，他更熟悉侯门。而他最熟悉、最有感的，是老贵族阶层的生活形态，包括这个阶层的物质生活和精神生活的完整生态。

# 红楼如梦

# 01

## 版本、批者、作者
### ——《红楼梦》绕不过去的三个问题

关于《红楼梦》这部伟大的作品，有三个绕不过去的重大问题——

第一，《红楼梦》哪个版本好？

第二，脂砚斋的批注要不要看？

第三，《红楼梦》的作者到底是不是曹雪芹？

这三个问题，我会在这一节一一回应。

## 《红楼梦》哪个版本好

很多朋友曾跟我说打算认真读一读《红楼梦》，但接下来马上就问到了同一个问题——该选哪个版本？

版本的复杂性往往使人视之为畏途，甲戌本、庚辰本、程乙本等名词可能不时入耳，更增加了迷惑性。

要想搞清楚《红楼梦》的版本，首先要学会区分抄本和刻本。

作者还在世的时候，《红楼梦》的手写书稿就开始在作者的亲友圈里小范围传阅和传抄，直到作者过世后的二十多年间，这部书仍然是以手抄的方式在社会上传播，这就是所谓的"抄本"。一般所说的甲戌本、己卯本和庚辰本等十几种用天干地支命名的版本，都属于抄本。

乾隆五十六年（1791年），书商程伟元和文人高鹗联手推出了用木活字排印的一百二十回《红楼梦》。这个刻本后来被称为"程甲本"。第二年，程伟元和高鹗又做了一些修订、编辑的工作，推出了第二版刻印本，这就是"程乙本"。带上了程伟元姓氏"程"的版本都是刻本，甲和乙是拿来区分前后两版的。

此后，刻本《红楼梦》广泛流传，手抄本渐渐退出了历史舞台。

虽然刻本传播《红楼梦》有功，但是它有硬伤——程、高两人对前八十回原作进行了一定程度的增删改写。改动的部分，不但文采难以望作者项背，有些地方甚至明显偏离了原著的精神。

对比一处小细节，比如尤三姐自刎一段。手抄庚辰本和刻印程乙本里，柳湘莲得知这一消息后的表现大不相同。

庚辰本里，柳湘莲泣道："我并不知是这等刚烈贤妻，可敬，可敬！"抚尸大哭一场。柳湘莲的悔恨、痛惜、敬爱之状如见如闻，尤三姐若泉下有知，大概也稍可宽慰了。

程乙本里的柳湘莲，见尤三姐横尸地上，拉下手绢，拭泪道："我并不知是这等刚烈人，真真可敬！是我没福消受。"不但"贤妻"两个字没了，也不再抚尸痛哭，反而拉下手绢来擦拭眼泪。而且此情此景，他想的居然是自己"没福消受"！作者想要塑造的柳湘莲，是一个有情有义的风流倜傥人物，但程乙本这么一改，柳湘莲几乎成了个"孱头"[①]，尤三姐若地下有知，恐怕都要后悔自己瞎眼看错了人。

前面说这么多，其实基本都是专业文学研究者讨论的版本问题，对于一个普通读者来说，应该选哪个版本的《红楼梦》来读呢？

如果你是第一次读，我推荐人民文学出版社的《红楼梦》，有上下两册的精装"珍藏本"，也有三册的平装"大字本"，读起来不费眼。

我个人认为，红学界最大的贡献之一，就是倾数十年之力，搜罗各种古抄本，并且一一校勘，汇集精华，集成了一个以庚辰本为底本，同时参校其他各个手抄本的完整文本，其成果就是使万千读者直接受益的人民文学出版社版《红楼梦》。它不仅文本完整，可信度高，而且所配注释扎实翔实。不论是想入门，还是进行一定的专业研究，这个版本都很适合阅读，称得上雅俗共赏。

---

① 指懦弱无能、没有气节的人。——编者注

## 脂砚斋的批注要不要看

"脂砚斋"这个名字在前文已经出现了很多次。《红楼梦》早期的不少抄本，书名并不叫《红楼梦》，而叫《脂砚斋重评石头记》。这些抄本在正文旁边或者夹行里，有不少用朱红墨笔留下的阅读批注，后世的红学研究称这些批注为"脂批"。

其实，写下批语的并不是一个人，而是一群人。除了脂砚斋，还有一个比较重要的人叫畸笏叟。但是，今天习惯上把这些朱批统称为"脂批"。

对于专业研究者来说，脂批不能不读。为什么？

首先，脂批的出现非常早，早到跟作者的写作是同步的。也就是说，作者一边写着，脂砚斋的批注一边就出来了。

其次，脂砚斋跟作者关系很近，似乎对作者的家事知根知底，时不时在批注里透露一下。比如第二十二回，凤姐儿深知贾母喜欢看幽默诙谐的戏，就点了一出《刘二当衣》。庚辰本的眉批里，脂砚斋写了这么一条："凤姐点戏，脂砚执笔事，今知者聊聊矣！"他是在说，自己当时就在现场，替不识字的凤姐儿执笔，还感叹这事儿现在几乎没人知道了。有人据此推断，脂砚斋有可能就是曹家人。

最后，脂砚斋不但是读者、批书人，甚至有资格直接干预创作。比如，第十三回，对于秦可卿之死，据脂砚斋的批注说，因心有不忍，命作者删去了贾珍和秦可卿乱伦的直露细节。而且，一些文本里的小玄机，比如"原应叹息"的谐音，也是他最早在批注中透露的。

但是，对于普通读者来说，最好一开始先别读脂批。

打个比方，你正跟一位朋友聊天，他是讲故事的高手，妙语连珠，扣人心弦，你听得非常投入。这时偏偏有个第三者在座，他不时凑到你耳朵边嘀咕说：他说的这事儿我知道，我告诉你是怎么回事儿。你是听还是不听呢？

所以，等对《红楼梦》有了至少一遍的阅读打底子，而且还打算继续读，你再考虑接触脂批也不迟。

## 作者到底是不是曹雪芹

关于《红楼梦》的作者到底是谁，每过一段时间，就会冒出一种新说法，成为引发关注的社会话题。

这些说法包括写了"冲冠一怒为红颜"的诗人吴梅村、娶了明末"秦淮八艳"之一董小宛的文学家冒辟疆、清代著名戏剧家洪昇（戏剧《长生殿》的作者），连清代美食家袁枚也曾成为候选人。

不久前还出现了一个新说法，把这部书的成稿时间往前推了三百年。这个说法认为《红楼梦》出自明代第二位皇帝——朱元璋的孙子、被朱棣夺位的建文帝——之手。

这些说法各有各的猜测和分析，为了给出一个负责任的答案，我专门向治红学早期史的专家石中琪先生求证过。

关于学术界现在到底能不能确认曹雪芹是《红楼梦》作者的问题，他干脆地回答：不能！

根据现有材料，所有直接认识曹雪芹的人中，没有一人提到他写《红楼梦》；而所有说《红楼梦》作者是曹雪芹、又跟他同时代的人，没有一人直接认识曹雪芹。这正是《红楼梦》作者身份疑团难解的原因。

但是，石中琪先生又说，迄今为止，也没有足够的证据证明其他人比曹雪芹更可能拥有《红楼梦》的著作权。所以，目前所有版本的《红楼梦》，作者署名仍是曹雪芹。

其实，不光《红楼梦》，在文学研究领域，对古典名著《西游记》《三国演义》《水浒传》的作者是谁都有争论，而《金瓶梅》的作者兰陵笑笑生干脆就是笔名，说不清楚到底是谁。

无独有偶，莎士比亚作品的著作权也在争论之中。著作权不确定，其实是大规模印刷出现之前世界文学的普遍现象。所以，也许到了换一个角度考虑问题的时候。

《红楼梦》是不是出自一个叫"曹雪芹"的作家之手，这个问题有那么重要吗？

毫无疑问，这是一部不朽之书，它呈现了中国人的心灵史，展示了一幅中国人的族群生活史画卷，传达了中国人的情感之美和精神之美。不管作者叫什么，我们从他手里接过了这样一笔丰厚的财富，就足够了。在作者所推崇的佛学智慧之中，名字不过是个"假名"而已。

# 02
# 平行时空
## ——想象一个"红楼宇宙"

回望传统我们已经聊得够多了，这一节我们来聊聊《红楼梦》的未来。我要说的不是未来还有没有人读《红楼梦》，而是《红楼梦》除了小说文本，还有哪些其他的可能性。

大家最熟悉的应该是1987年版的电视剧《红楼梦》，很多人就是从这部剧开始接触《红楼梦》的。直到今天，这部剧在中国观众心目中仍然有不可替代的地位。

其实，把小说《红楼梦》搬上舞台，从清代就开始了。最早的《红楼梦》戏是跟程乙本差不多同时问世的昆曲剧本《红楼梦传奇》，但是这出戏断演已经超过了一百年。最近十年，苏州昆剧传习所年逾九十高龄的顾笃璜老人完成了对这部昆剧的复排，我也有幸作为文学顾问参与其中。①

除了昆曲，还出现过京剧、评剧、越剧、黄梅戏等版本的《红楼梦》，尤其是越剧《红楼梦》，早已经成为经典，广为流传，相信很多人都对"天上掉下个林妹妹"的唱段不陌生。

---

① 此书出版前，闻顾老仙逝，得寿94岁，使后辈不胜凄然，也以此文追念先辈。——作者注

对《红楼梦》的改编，绘画也一直都是一种重要形式。清代画家孙温用大半生的时间画出了《彩绘红楼梦全本》，共计两百余幅作品，简直是巨型连环画的规模。而在当代，我觉得把"红楼"人物画得最传神的是刘旦宅先生，他笔下的宝姐姐、林妹妹，真像作者说的那样是"一干风流人物"，简直把大观园里的女儿们画活了。

## 假如有一个"红楼宇宙"

关于《红楼梦》的改编，我怀有一个对未来的好奇：会不会出现一个文化产业意义上的"红楼宇宙"？

"红楼宇宙"这个词是我从"漫威宇宙"借来的。美国的漫威工作室基于漫威漫画，出品了一系列电影，这个系列电影构筑的架空世界，被影迷叫作"漫威宇宙"。大家熟悉的蜘蛛侠、绿巨人、美国队长、奇异博士、钢铁侠，都属于漫威宇宙中的人物。这个宇宙最大的特点，就是电影有共同的价值观元素、表演风格，不同角色各自成为主角，却又在不同的片子里出现，彼此呼应。

2019年，国产动画电影《哪吒》上映仅十天，票房就突破二十三亿元，大受好评。影片末尾的彩蛋，暗示了下一部电影会以姜子牙为主角。于是国漫迷期待，能不能像漫威打造超级英雄宇宙一样，打造一个"封神宇宙"？

在我看来，《红楼梦》这部小说的丰富性，是很有可能发展出一个"红楼宇宙"的。大胆想象一下,它或许以3D动画形式而非真人出演为佳?一千个人眼里有一千个林妹妹,如果谁演都会有人不满意,那能不能照着理想"创造"一个绛珠仙子出来?

我之所以会做出"红楼宇宙"的猜想,是基于以下三个理由。

## 神话琳琅,镜花水月

《红楼梦》在作品构成性的大关节处,往往以神话串联,因而自带玄幻色彩。

前文讲过,对很多人构成阅读障碍的《红楼梦》开篇,讲了两个极具神话色彩的故事。灵河岸边、三生石畔的绛珠仙草,跟赤瑕宫里的神瑛侍者,因为甘露的灌溉之恩而结下三生缘分;大荒山下的通灵石因为被女娲娘娘所弃,由茫茫大士和渺渺真人幻化成美玉,入世历劫,饱经世态炎凉、悲欢离合,最终又返回大荒山。而不知几世几劫,也就是几万年甚至几十万年后,空空道人途经大荒山,收结了这个故事。在今天看来,这些神话元素一下子就能给原本现实的故事赋予神奇的构成性。

第五回贾宝玉梦游太虚幻境,在那里欣赏了园林、喝了仙茶、饮了仙酒、闻了奇香,又观赏了仙女们的歌舞。最重要的是,他还窥视了天机预言,这给电影改编留出了丰富的想象空间。

镜花水月式的结构是《红楼梦》构成性的另一大特点，荣国府和宁国府、太虚幻境和大观园、京中贾家和江南甄家，天上人间的空间并置，既是平行宇宙，也形成可以自由穿越的空间。

而且，宝玉胸前挂的那块通灵美玉，是一个独立于宝玉的存在。它在作品里的一个重要作用，就如同一部超级摄像机，一刻不停地记录着大观园的一切。这个视角之下的《红楼梦》，是不是也很独特？

## 角色众多，性格丰满

《红楼梦》中人物角色足够丰富，极富审美、形象鲜活、性格各异的人物可形成众多独立 IP，足可支持系列创作。

比如贾宝玉，从他的衔玉而生，到太虚幻境的游历，再到理想国大观园与世俗社会的抗争，以及对"红楼"女儿的庇护；从崇尚享乐主义的怡红公子到最终以悲悯面对世界，他的一生可以拍一部成长主题的影片。

再如探春，她志向高远明决，从创立海棠诗社到主持大观园的经济改革，最终远嫁天涯、从零开始，她的一生更是给创作留出了巨大的开拓空间。

又如以群体看贾家四姐妹，琴棋书画各有擅长，迎春的棋和惜春的画，如何起步，如何精进，都有独立成篇的可能。

至于刘姥姥和薛蟠，这两个人物天生自带喜感，在小说里提供了不少幽默素材，也是传统经典中殊为难得的活泼形象。

丰富的角色可以满足观众个性化的需求，"红楼"人物"正邪两赋"的复杂性和矛盾性，一定会构成强烈的戏剧张力。

## 《红楼梦》精神资源丰富

更宏观地来看，《红楼梦》的文本架构在中国哲学儒、道、释三足鼎立的体系之上。建构"红楼宇宙"，可以利用的精神资源是整个中国文化。

《红楼梦》里的衣食住行种种，大观园里让人心动的四季之色、服饰之美，为"红楼宇宙"打下了高标准的视觉基底。

更何况，作者曹雪芹还有着超越时代的现代性，在价值观上跟现代人没有隔阂。今天我们改编《红楼梦》，不必"戏说"，只要发挥想象力就好，这部大书可以延伸出去的维度、生长出的枝条与花朵太多了。

《红楼梦》绝对是个富矿，值得今天的中国人好好挖掘，但挖掘的前提是读透文本。

关于"红楼宇宙"的猜想，只是《红楼梦》当代价值的一小部分。更重要的是，《红楼梦》提供了一种非常宝贵的、务虚的生命教育。

不仅是中国人，世界范围的现代人，从历史趋势来说，生命态度都趋向务实，缺乏务虚；人类正在远离诗性，远离生命意义的终极追问。了不起的《红楼梦》作者把一枚通灵宝玉交给我们，希望我们有一颗通天地之心，强大而柔软，洞悉人生之痛，却始终不改生命深情。

本书拆解了《红楼梦》这座七宝迷楼的整体结构，也期待你领悟曹雪芹的原始设计思路，把它们还原到悲欢离合的故事里，读出属于你自己的有骨有肉、有笑有泪的《红楼梦》。

跟莎士比亚同一时代的英国诗人、剧作家本·琼生，曾经对莎士比亚致以崇高的敬意。他这样评价莎士比亚："他不属于任何一个时代，他属于千秋万代。"我想借用本·琼生这句话来跟你告别：

《红楼梦》不属于任何一个时代，它属于千秋万代；它不属于哪一个人，它属于每一个从它的精神里汲取灵光、让生命闪出光彩的人。

# 何幸而有"红楼"

我时常感慨中华民族何幸而有司马迁，因而有《史记》，也时常感慨中华民族何幸而有曹雪芹，因而有《红楼梦》。

《史记》这样的皇皇巨著出现在中国这样的历史大国，可以说是必然的，但是它又何其偶然。怎么就会有司马迁这样一个人，恰好在这个历史节点降生于太史令之家，子承父业成为历史的书写者；而他竟然还有着这样高的天分，兼具历史学家和文学家的才能？最为难得的是，他还有着高度的自我要求，远高于职务所要求他的——成为独立思考的历史观察者、研究者与记录者，并将这项事业的重要性放在比自己的生命还高的位置。我们今天能读到《史记》，真是一种幸运！

以《史记》为例，其实是为了说明，对中国人、对中华文化而言，《红楼梦》的诞生同样既是一种必然，又像是一个奇迹。有着如此灿烂丰厚的文化土壤、文学传统的中国，孕育出这部世界级的伟大小说，并不令人惊奇。令人惊奇 的是，它竟然如此之好，如此之典范，代表了中华文化可能呈现在小说里的所有面目。无论作为文学的精雅绝伦，还是作为社会观察的宏大，抑或作为哲学探讨的深邃，可以说它接近于尽善尽美。它是以艺术巨匠的笔墨、以文化巨人的心和脑，站在中国人的角度，对宇宙人生的大命题给出了一份血泪答卷。

这样一部书的作者，让人很有些不可思议。在他有限的生命里，书中那些几乎无所不包的社会经验和生活经验是怎样获得的？他需要拥有多么丰沛的生命能量，才会有这样丰富和鲜活的精神体验？他又是如何做到在生活的磨难中始终保持对生命探寻的强大好奇？最令人赞叹的是，他经历过繁华，也见证过梦幻，世界曾向他示现过"一片白茫茫大地真干净"，而在历经过莫大的虚空之后，他竟还能深情不改，对人间、对生命、对万物，观以情目，待以情心。而且，老天竟然赐予了他堪称奇迹的文学才能！

对世界以空目观，还是以情目观，其实是价值观的差别，是人生信念的落虚与落实。入实比入虚需要更高的智慧、更强大的心灵伟力。中国传统美学中的"雄浑"，大概就是这种境界。

这样的一个生命，他的身份如何、家世如何，甚至他的名字是不是曹雪芹，都不重要了。他是中华文化成就的一个人格典范，透视过大虚空之后，他用痴情为自己对宇宙人生的求索建立了一个支点。

感谢他，最终把自己的思考和深情写入一部大书之中。也因此，今天你我的枕边、案头，才能有这部叫作《红楼梦》的小说。

何其幸哉！